La casa de la luz

SOPA DE LIBROS

Xabier P. Docampo

La casa de la luz

Ilustraciones
de Xosé Cobas

Traducción de María Jesús Fernández

El arte no reproduce lo visible,
hace lo visible.

Paul Klee

1
ALICIA

Hoy es el primer día que Alicia sale de casa después de dos semanas de «arresto domiciliario». Resulta que Alicia quiso ver las estrellas en pleno día y... a punto estuvo de verlas.

Con frecuencia se mete en cosas que acaban en castigos. No es que sea mala, que no lo es ni un poquito. Seguramente habrá en el mundo niñas con un corazón tan bueno como el de ella, pero ninguna que lo tenga mejor. No hay necesidad o miseria que no sienta como propias, que no le den pena. Las desgracias ajenas la entristecen y las injusticias la enfadan.

Pero Alicia es muy inquieta, podríamos decir incluso muy inquietísima, si a este adjetivo se le puede poner el doble superlativo. Y todo por su ingobernable deseo de saber, de conocer y de experimentar. Para ella no fue suficiente que le dijeran que las abejas tienen un aguijón con el que pican a las personas que las molestan y que esa picadura es muy dolorosa e incluso peligrosa. No. Ella tuvo que ir a hurgar con un palito en un enjambre y acabó en un centro de urgencias con la cara hinchada como un saco de patatas, pero, eso sí, con el conocimiento científico y experimental de los efectos del aguijón de las abejas cuando se las molesta.

—Lo que me da pena es pensar que las abejas que me picaron se van a morir —le dijo a su padre cuando iban en el coche camino del hospital.

—Mira, Alicia, no me vengas ahora con esas, a ver si además de las picaduras de la cara van a tener que ponerte una cataplasma en el culo, por los azotes que te voy a dar —intervino la madre volviéndose hacia ella y poniéndole una cara de pocos amigos que la hizo callar al momento.

Así es Alicia y, según dice su madre cuando comenta con alguien las cosas de su hija, con ella no hay nada que hacer. Tampoco se puede decir que sea desobediente porque, mejor o peor, ella siempre cumple las normas y hace las cosas que se le dicen. Lo que ocurre es que no hay posibilidad de prever aquello que le ronda por la cabeza. Su madre dice que siempre hace las cosas según se le ocurren de pronto y, claro, así pasa lo que pasa...

En esta ocasión lo que sucedió fue que leyó en un libro que trajo de la biblioteca que en el firmamento las estrellas siguen brillando también durante el día, aunque la luz del sol no nos deja verlas. Pero si estamos en un lugar al que no llegue esa luz y desde el que se pueda ver el cielo, entonces también observaremos las estrellas durante el día, tal y como las vemos por la noche. Como ejemplo para comprobar ese efecto, el libro hablaba de un pozo que fuese lo suficientemente profundo para que no llegase allí la luz del sol.

La muchacha dejó la lectura y fue corriendo a destapar el viejo pozo que había en la parte trasera de la casa, aquel del que sacaban agua antes de que la traída llegara a todas las casas de Eiravella. Desde entonces estaba cubierto con una tapa de madera que encajaba perfectamente en su boca. Pero Alicia consiguió levantar aquella pesada tapa y miró el fondo. Aunque tenía algo menos de diez metros de profundidad, a ella le pareció suficiente para experimentar la visión de las estrellas en pleno día, y no tanto como para considerarlo peligroso. Además ya estaba empezando a oscurecer, si hubiera sido un poco más temprano, habría podido ver reflejada en la superficie del agua su propia silueta y comprobar así cuánta luz llegaba hasta allí.

Cogió una cuerda y ató un extremo rodeando su cintura y el otro a la parte inferior del arco que sujetaba la roldana. Después, empezó a bajar poco a poco, poniendo los pies en las paredes interiores del pozo.

A cada rato levantaba la vista, y allí arriba veía un hermoso cielo que imaginaba llenito de estrellas brillantes, porque ella esperaba verlas lucir en medio del luminoso azul. Descendía otro poco y de nuevo miraba el cielo, que seguía sin mostrar los brillos deseados. Así siguió bajando, hasta tocar el agua con el culo. Cuando sintió la frialdad levantó de nuevo la cabeza y, también esta vez, el cielo estaba vacío de estrellas y lleno de luz.

Entonces comprendió que el pozo no era lo suficientemente hondo, porque al mirar a su alrededor podía ver las piedras de la pared, el agua, la cuerda... todo lo que allí había como si estuviera en el exterior, allá arriba, de pie junto a la boca del pozo. Donde estaba ahora también llegaba la luz del sol y no era posible realizar el experimento, así que tendría que aplicar todo su ánimo para salir de aquel lugar antes de que la abandonasen las fuerzas, y ya empezaba a notar cansancio en los brazos por estar tanto tiempo colgada de la cuerda. Avanzó un poco hacia arriba y en ese mismo momento se dio cuenta de que sus fuerzas no eran tantas como ella había creído. Empezó a pensar que no iba a ser capaz de subir. Dio dos pasos que resultaron más cortos que los anteriores, y apareció el miedo. Un miedo muy grande de caer en el pozo y ahogarse. Se quedó paralizada, con las manos firmemente agarradas a la cuerda y los pies bien asegurados en una piedra que sobresalía de la pared.

Entonces gritó. Dio un primer grito largo y agudo que resonó en las paredes y salió por la boca del pozo, extendiéndose por el pueblo como una desesperación.

—¡Socorro! ¡Auxilio! —gritaba Alicia, repitiendo estas dos palabras una a continuación de la otra, siempre en este orden, e incluso algunas veces las mezclaba formando una palabra nueva, *somilio*, que resumía la situación de gran apuro en la que se encontraba. Se calló un rato para tomar aliento y en seguida volvió a lanzar sus gritos:

—¡Ayuda! —decía ahora—. ¡Ayudadme a salir de aquí! ¡Sacadme de aquí! ¡Estoy en el pozo! —Todas las palabras que podrían orientar a los que la escuchasen, le venían ahora a la cabeza, sin necesidad de pensarlas mucho.

Con semejantes gritos no tardó en llegar gente y en seguida se organizó el rescate de la muchacha. Dispusieron otra cuerda y un hombre bajó por ella hasta donde estaba Alicia. La cogió en brazos y los que estaban arriba empezaron a tirar hasta que los dos estuvieron fuera. Alicia, muy asustada y llorando desconsoladamente, en cuanto se vio en el suelo, corrió hacia su madre y se abrazó a ella, mientras su padre daba las gracias a todos los que habían ayudado.

Después, ya en casa, le riñeron mucho por lo que había hecho. Le hicieron ver el peligro al que se había expuesto de morir ahogada en el pozo por aquella ocurrencia de querer ver las estrellas antes de que llegara la noche. Además la castigaron sin salir de casa durante dos semanas enteras.

—Ya que querías ver las estrellas desde donde no hay sol, ahora vas a poder ver el sol desde la sombra, dentro de casa —dijo su padre—. A ver si así reflexionas sobre la conveniencia de pensar las cosas antes de hacerlas, y aprendes a tener en cuenta las posibles consecuencias de tus actos.

Como no es fácil que los padres de Alicia se vuelvan atrás de un castigo y se lo perdonen, la muchacha tuvo que pasarse dos semanas enteritas viendo desde la ventana el buen tiempo que hacía fuera y cómo los otros chicos, sus amigas y amigos, jugaban en la calle.

También desde la ventana de su habitación pudo ver las estrellas brillando en el cielo pero, eso sí, por la noche.

Ahora Alicia había salido de su casa por primera vez en catorce días. La mañana era hermosa, con el cielo azul (sin estrellas, claro) en el que brillaba un sol que hacía pensar que pronto haría mucho calor.

Alicia saboreaba su libertad caminando despacio, no tenía que regresar a casa hasta la hora de comer. Iba pensando en lo contenta que estaba porque se hubiera terminado el castigo. Hasta podría escribir y pronunciar un largo y convincente discurso sobre la libertad, aunque seguramente sus padres preferirían oirla decir que la experiencia del pozo le había servido de lección para pensar bien las cosas antes de hacerlas.

La calle en la que estaba la casa de Alicia tenía una pequeña cuesta, y la niña bajaba por ella hacia la placita en la que terminaba, allí esperaba encontrarse con sus amigos. Tenía muchas ganas de verlos, aquellas dos semanas se le habían hecho muy largas.

Tal y como ella suponía, allí estaban Álvaro, Aida, Alba y Ángel. Sus mejores amigos, aquellos con los que le gustaba estar y hacer cosas. La recibieron como si se tratase de un preso recién salido de la cárcel o un secuestrado al que acaban de liberar. Abrazos, besos y gritos de alegría. Nadie hubiera imaginado que todos ellos habían estado muchas

veces en casa de Alicia mientras duró el castigo, pero es que el hecho de volver a encontrarse al aire libre tenía algo especial que les parecía digno de una buena celebración.

Le contaron con pelos y señales todo lo que habían hecho en los últimos catorce días, los lugares a los que habían ido y las cosas que allí les sucedieron. Alicia ya sabía casi todo lo que le contaban pero, aun así, lo escuchaba como si fueran novedades.

—Desde luego, no fue lo mismo que cuando estás tú —decía Álvaro.

—Sí —confirmaba Aida—, algunas veces no sabíamos qué hacer, era como si se nos hubieran acabado las ideas.

—Una vez —empezó a relatar Ángel, que era el que mejor contaba las cosas—, cuando íbamos bajando hacia el río, vimos a Pumariño que estaba como siempre, haciendo agujeros en un muro. Nos escondimos detrás de unos matorrales y estuvimos un buen rato espiándolo. Él se dedicó a tirar unos veinte o treinta metros del muro y, de repente, se puso a dar patadas a las piedras, gritando de esa manera como él suele hacerlo. Después se sentó en una piedra y estuvo un buen rato con la mirada en el suelo. Cuando se cansó de estar así, se levantó y empezó a caminar hacia donde estábamos nosotros. Creímos que nos iba a descubrir, pero no. Pasó como si nada al lado de los matorrales donde nos escondíamos, aunque a mí me parece que sabía que estábamos allí; iba sonriendo, y tan tranquilo que daban ganas de decirle algo.

—¿Y no le hablasteis? —preguntó Alicia.

—No. ¿Cómo íbamos a hablarle? —respondió Alba.

—Lo que estuvimos a punto de hacer fue seguirlo sin que él nos viera —continuó Ángel—, queríamos saber a dónde iba, pero como no estabas tú no nos decidimos, ni siquiera fuimos capaces de ponernos de acuerdo sobre lo que íbamos a hacer.

Alicia se quedó un rato callada. Estaba pensativa, mirando hacia el suelo al mismo tiempo que con el pie derecho hacía y deshacía dibujos en la tierra, delante del banco en el que Alba y Álvaro se sentaban.

—Pues si hubiera estado yo le habría dicho algo, pero eso de seguirlo sin que os viera, no me parece bien. No se me había ocurrido pensarlo hasta hora, pero ¿por qué nunca le hablamos? ¿Por qué siempre nos escapamos de él corriendo, si no nos ha hecho nada malo, ni a nosotros ni a nadie?

—Yo no quiero hablar con él —dijo Alba—. Además, estoy segura de que si lo hiciera en mi casa me reñirían.

—A mí también, que un día estaban mis padres hablando de eso y me dijeron que no se me ocurriera pararme con él —añadió Aida.

—¿Y eso por qué? —volvió a preguntar Alicia—. Parece como si la gente le tuviera miedo y, por otro lado, todos se ríen de él y le gastan bromas que, a lo mejor, no le hacen ninguna gracia, pero eso a ellos no les importa. Y mientras, él anda por ahí sin molestar a nadie. Se ocupa de sus cosas y no mete las narices en las de los demás.

—Pues yo le tengo miedo —intervino Aida—. Su cara me asusta. Es la cara más fea que he visto en mi vida.

—No digas tonterías, Aida —cortó Alicia—, su cara es como otra cualquiera, y a mí no me parece tan fea. Lo que pasa es que siempre nos han asustado con él y cuando lo vemos es como si viésemos al mismísimo demonio.

—¿Entonces, a ti no te da miedo Pumariño? —preguntó Alba.

—Pues no. No me da más miedo que cualquier otra persona de Eiravella. Yo no sé nada de él, ni bueno ni malo, no tengo por qué sentir miedo. Todos los hombres y las mujeres se paran a hablar con él cuando lo encuentran. Le preguntan a dónde va, qué está haciendo y cosas así; todos menos algunos chicos como vosotros, que os habéis empeñado en tenerle miedo.

Después de escuchar lo que dijo Alicia, que además lo hizo elevando un poco el tono y muy segura de lo que estaba diciendo, se quedaron un rato callados, como si estuvieran pensando en lo que acababan de oír. Fue Álvaro el que rompió aquel silencio:

—Ya está bien de charla. Dejad que haga lo que a él le dé la gana. Vamos al Campo de la Iglesia a trabajar en la cabaña que si no, nos pasaremos aquí el día hablando de Pumariño.

Todos estuvieron de acuerdo e iniciaron una carrera hacia el campo que estaba junto al atrio de la iglesia de Eiravella. Allí solían jugar a la sombra de

unos castaños entre los que, desde hacía ya algún tiempo, intentaban construir una cabaña con troncos y ramas. Pero no conseguían terminarla porque, cuando ya tenían lista una pared e iban a comenzar con otra, siempre se les empezaba a deshacer la primera. Los encargados de repararla tejían y tejían ramas de retama, pero no eran capaces de tapar todos los agujeros. Cuando dejaban pasar dos o tres días sin atender al trabajo, tenían que empezar de nuevo, porque el deterioro era casi total.

La construcción de la cabaña parecía interminable, pero ellos no se desanimaban y seguían trabajando con mucho interés. Transportaban ramas de retama, palos, trozos de cuerda para sujetar los materiales... No era raro que en una tarde fueran capaces de levantar pared y media.

Pero ahora, al faltar Alicia que era la que dirigía la obra, la construcción había estado todos esos días abandonada y de la cabaña no encontraron casi nada en pie. Tuvieron que dedicar un buen rato a limpiar los restos de trabajos anteriores que no pensaban volver a utilizar.

Alba, Aida y Ángel retiraron las ramas viejas que fueron depositando en un contenedor de basura que estaba junto a la iglesia. Mientras, Alicia y Álvaro, que eran los mayores del grupo, con unas retamas que todavía estaba algo verdes, barrían cuidadosamente lo que habría de ser el interior de la cabaña.

Cuando todo estuvo limpio, se sentaron en el suelo y se pusieron a hacer planes para comenzar aquella misma tarde, una vez más, la construcción de su cabaña.

—Esta vez vamos a necesitar muchas ramas —dijo Aida—, porque no tenemos nada.

—Yo voy a traer dos palos de las podas, que los tiene mi padre detrás del cobertizo de las herramientas —habló Álvaro—. Si él me los da, claro. Con ellos podemos hacer los travesaños para sujetar bien las ramas por este lado. Después tendremos que buscar más para los otros dos lados.

—¿Y por aquí? —preguntó Alba señalando el frente.

—Ahí no vamos a poner travesaños, porque ese es el sitio de la puerta —explicó Alicia—. Ya veremos cómo hacemos.

En estas estaban cuando, atravesando el atrio con pasos lentos, como ensimismado en sus cavilaciones, apareció Pumariño.

Los chicos se hicieron gestos los unos a los otros de la manera más discreta. Cualquiera que los estuviera viendo diría que ni siquiera habían pestañeado, pero cada uno de ellos fue consciente de que los demás estaban avisados. Miraban al hombre con disimulo, excepto Alicia que se puso entre los dos castaños que daban a aquel lado y en voz bien alta dijo:

—Adiós, Pumariño.

El hombre detuvo su camino. Se volvió lentamente hacia donde estaba la muchacha, inclinó la cabeza y abrió los brazos en una especie de reverencia que a Alicia le pareció llena de una gracia sorprendente. Después se giró de nuevo, sonriendo, y continuó caminando con el mismo paso tranquilo.

—¡Os habéis fijado! Nadie puede tener miedo de un hombre así. Pumariño es un buen hombre, estoy segura de que lo es.

2

PUMARIÑO

Aquella noche, cuando estaban terminando de cenar, Alicia preguntó, sin dirigirse a nadie en particular:

—¿Dónde habrá aprendido Pumariño a hacer reverencias?

Los padres la miraron extrañados por la pregunta, aunque no deberían haberse sorprendido pues Alicia era especialista en salir, de repente, con frases que no tenía nada que ver con la conversación que mantenían en ese momento. Así siempre conseguía dejar a todos sin capacidad de reacción hasta pasados unos minutos, los que necesitaban para situar dentro de sus cabezas lo que a la chica se le acababa de ocurrir.

El hermano de Alicia, un muchachote de diecisiete años y que era exactamente lo contrario de ella, sensato, previsor, disciplinado, poco imaginativo..., se quedó con la cuchara en el aire y la boca abierta. Estuvo un rato con la vista fija en el plato y después giró la cabeza lentamente hacia su hermana para decir:

—Ya sé que seguramente se trata de una de tus famosas salidas, pero, ¿qué has dicho de que Pumariño hace reverencias?

Alicia estaba acostumbrada a que le hablasen en tono irónico; en su familia la retranca es algo que viene de muy atrás, y por las dos ramas familiares. Se tiene noticia de antepasados del siglo XVI que han quedado en la historia de la retranca con letras de oro. Así que, como si nada, repitió la pregunta:

—Pregunto que dónde y de quién habrá aprendido Pumariño a hacer reverencias tan bien hechas y tan graciosas; porque a mí hoy me ha hecho una.

A continuación contó lo que había pasado en el Campo de la Iglesia, más o menos tal y como había sucedido. Todos se rieron, pero nadie respondió a la pregunta. Alicia no se quedó satisfecha con las risas y el silencio y, mucho menos, permitió que se cambiase de conversación.

—Papá, tú me dijiste una vez que cada ser humano tiene su historia y que si la pudiéramos saber tal y como es, seguramente seríamos más comprensivos los unos con los otros. ¿Tú conoces la historia de Pumariño?

—No creo que sea cliente del banco —habló Amadeo, el hermano de Alicia, refiriéndose a que el padre trabajaba en una sucursal bancaria de Eiravella.

—Lo mejor que podemos hacer todos por Pumariño es dejarlo en paz —intervino la madre—. Él tiene sus manías y nosotros las nuestras pero, si tenemos más sentido, deberíamos usarlo para no reírnos de él ni gastarle bromas.

—¿Pumariño ha vivido siempre en Eiravella? —insistió la niña en sus preguntas.

—Yo lo recuerdo de toda la vida —dijo la madre.

—Sí, y yo también, pero él no nació aquí —empezó a contar el padre—. Vino a Eiravella al morir su madre, tendría unos cinco años. Antes vivía en una casita que está por detrás de Calvelo, y eso ya no es de Eiravella, pertenece a Xeiradoso. Hay quien dice que antes de que mataran a su padre era un niño normal, que hablaba como todos y que estaba a punto de empezar la escuela. Otros dicen que ya no estaba bien cuando nació.

—¿Y tú qué piensas, papá? —volvió a decir Alicia.

—Si quieres que te diga la verdad, a mí no me extrañaría nada que se hubiera vuelto así después de lo que tuvo que ver y sufrir.

—¿Y qué fue lo que le pasó? —insistía la niña.

—Le pasó lo mismo que a muchos otros entonces. Lo que pasa cuando el corazón de los hombres está habitado por las víboras del odio.

—No le cuentes esas cosas a la niña, Amaro —intervino otra vez la madre.

—Estas son las cosas que hay que contarles, Adela. Nosotros no las hemos vivido, pero nos las contaron nuestros padres precisamente para que se las contásemos a nuestros hijos.

—Pero todavía es muy pequeña.

—¿Para qué soy pequeña?

—¿Lo estás viendo? —decía ahora la madre—. Ya le has picado la curiosidad y ahora tendrás que contárselo, porque ésta no es de las que se queda callada, va a seguir insistiendo hasta que se lo cuentes.

—Sí. Y espero que ella se lo cuente a sus hijos, si algún día los tiene. Escucha, Alicia, hubo una vez una guerra. Fue antes de que naciéramos tu madre y yo, pero a tus abuelos les tocó vivirla de cerca. Fue, como todas las guerras, una sarta de barbaridades. En Eiravella no se notaba mucho, pero las guerras, aunque estén lejos, siempre acaban por ensuciar a todos. El viejo Pumariño, el padre de éste, era un buen hombre, inteligente y hablador. Un día llegaron unos hombres a su casa y lo mataron. A su mujer le hicieron las mayores atrocidades, pero sobrevivió. Y todo sucedió delante del niño, que entonces tendría unos cinco o seis años.

Alicia escuchaba con mucha atención. Todos notaron que un estremecimiento le recorría el cuerpo.

—¿Y fue por eso por lo que se quedó así, sin habla?

—¡Eso ya no lo sé! Como te he dicho, hay quien lo cree así. Y algo de cierto debe haber, porque siempre que Pumariño ve a dos que se pelean, aunque sea de broma, se pone muy mal, le entra mucho miedo y se echa a llorar.

—¿Y a vosotros no os da pena Pumariño? ¿Por qué la gente le gasta bromas y se ríe de él? —preguntó ahora la niña muy impresionada y entristecida.

—Nadie quiere hacerle daño. Es una manera de manifestarle cariño, aunque pueda parecer otra cosa —dijo Adela—. En realidad los vecinos lo aprecian, y eso se nota precisamente en que, cuando él se pone tan nervioso al ver a la gente riñendo, todos paran, aunque la discusión vaya en serio, para que Pumariño no llore. Y ahora, acaba de cenar, que con tanta conversación se te va el apetito.

Alicia miró su plato, que estaba casi sin empezar, y se puso a comer despacito. Después de una docena de bocados volvió a dejar el tenedor para dirigirse a su padre.

—¿Y por qué siempre está excavando en los muros?

—Pues mira —habló el padre dando un golpecito en la mesa con el cuchillo—, eso sí que lo sé, se lo oí contar a su propia madre, que en paz descanse. Cuando ya Pumariño era un mozalbete de unos veinte años o por ahí, regresó de La Habana un hombre que había sido amigo de su padre y que había huido a América al estallar la guerra. Pues a este le dio por decir que, antes de que él embarcara, el viejo Pumariño le había contado que guardaba un puchero lleno de monedas de oro, escondido en una obra que estaba haciendo, pues era cantero de profesión. Desde entonces, Pumariño tiene la obsesión de buscar el puchero de las monedas de su padre. La madre me dijo a mí que nada de eso era cierto, pero que no había sido capaz de sacarle al hijo semejante manía de la cabeza.

—¿Y...?

—¡Se han acabado las preguntas, Alicia! Termina la cena y ya está —cortó la madre.

—Una nada más, mamá.

—Ni una ni ninguna. Por hoy es suficiente.

—Déjale la última, mujer —pidió Amaro—. Una más y acaba de cenar.

—¿Por qué los chicos le tienen miedo a Pumariño, si él nunca se mete con nadie?

Los padres se miraron uno al otro para ver quién de los dos respondía, y después de un corto silencio el padre dijo:

—Los chicos tienen los miedos que les inculcan, supongo que habrán sido sus padres los que les han fomentado el miedo a Pumariño. Nosotros nunca hemos hecho nada de eso. Y tú, ¿le tienes miedo?

—Yo no —respondió la niña.

—Bueno —empezó a hablar Adela—. También hay que tener en cuenta que Pumariño no está bien de la cabeza, es un «toliño», y no se sabe lo que puede llegar a hacer una persona que no tiene bien el sentido. Por eso los padres prefieren que sus hijos y sus hijas jueguen con los otros chicos de su edad y no con Pumariño, por buena persona que él sea. Y como hemos quedado en que esta era la última pregunta y la última respuesta, ahora haz el favor de terminar la cena sin más palique.

Alicia se aplicó a su cena. Después ayudó a recoger la mesa y secó los cacharros que su hermano iba fregando, porque en esta casa el trabajo se hacía por turnos y aquel día tocaba así.

Al día siguiente salió temprano de su casa porque había quedado con los amigos en el Campo de la Iglesia. Querían trabajar en su cabaña aprovechando las horas de menos calor. Ahora que tenían tiempo y que podían dedicarlo a esa tarea, esperaban poder conseguir finalmente lo que para ellos era una ilusión: tener una cabaña para reunirse allí cuando quisieran.

Alicia fue la primera en llegar, pero no tardaron mucho en aparecer los chicos. Traían los dos travesaños que había prometido Álvaro y también una carretilla llena de retamas, la mayoría de ellas florecidas, por lo que parecía que Ángel empujaba una carga de pepitas de oro.

Álvaro tomó la medida de los palos y resultaron del tamaño justo, parecía que habían sido cortados a propósito para armar los dos travesaños que deberían sostener las ramas de la pared del fondo.

Al poco rato llegaron Aida y Alba y, trabajando todos juntos con afán, pronto tuvieron hecha media pared. Las retamas que habían traído no daban para más, aunque no las pusieron muy tupidas.

Después se sentaron en el centro de lo que algún día sería su cabaña y estuvieron un rato contemplando el resultado del esfuerzo de casi media mañana. Calcularon cuántas cargas más les harían falta y se preguntaban de dónde sacarían otros palos que les sirvieran para los cuatro travesaños que todavía les faltaban, y cómo harían la puerta y el techo...

En esas estaban cuando pasó por delante de ellos Pumariño. Venía, como siempre, vestido con un mono de trabajo, nunca se ponía otra ropa. Los vecinos le daban monos suficientes para vestirse todo el año. Si alguna vez alguien le ofrecía cualquier otra prenda, él la cogía porque era un hombre humilde, pero nunca nadie se la vio puesta. Llevaba siempre aquellos monos azules que le regalaban; muchos de ellos tenían en la espalda grandes letreros con el nombre de empresas de los alrededores, o anagramas de colores en el peto delantero. Eso era lo único que diferenciaba la vestimenta de Pumariño de unas ocasiones a otras. Hoy llevaba uno que ponía: «TALLERES MOURIÑO - EIRAVELLA», que era el taller de automóviles del padre de Aida.

Los chavales se quedaron mirando al hombre, que se paró y les sonrió. Iba empujando una carretilla en la que se podían ver, entre otras muchas cosas, una silla, un taburete alto, un espejo enmarcado y una persiana, lo que quería decir que lo habían llamado para ayudar en alguna reforma, que ese era el trabajo en el que estaba especializado. Cada vez que alguien hacía una reforma de esas en las que hay que dejar completamente vacío un local, llamaba a Pumariño. Algo así como si se dijera: tú tira lo que necesites tirar, que después viene Pumariño y lo deja todo despejado en menos tiempo del que te llevó tirarlo. En medio del polvo y los cascotes se movía como pez en el agua. Él aprovechaba casi todo lo que había sido desechado. Separaba con cuidado las cosas que le interesaban y las llevaba a su casa antes de empezar la obra. Nadie sabía con qué objeto, ni qué destino les daba. Luego retiraba los escombros y limpiaba sin descanso, como si aquel trabajo le proporcionase una felicidad especial. En menos tiempo que ningún otro, dejaba todo limpio y preparado para trabajar en la nueva construcción.

Pumariño ya era un hombre bastante mayor, no le faltaría mucho para cumplir los setenta años, o puede que ya los tuviera. Su figura era totalmente redondeada: cara redonda como un bollo de pan, que parecía apoyarse directamente sobre un cuerpo más bien pequeño, también redondo, y prolongado en dos piernas delgadas que, debido a la cortedad del cuerpo, tenían apariencia de largas sin serlo realmente. Parecía exactamente uno de esos dibujos que hacen los niños pequeños, formado por dos redondeles, uno más grande que otro, dos rayas verticales que representan las piernas y otras dos horizontales que vienen a ser los brazos. Su manera de caminar cargado de hombros, los brazos cortos y la escasez de pelo, completaban la sensación de esfericidad. Así era físicamente Pumariño.

Alicia se levantó del suelo donde estaba sentada. Avanzó unos pasos hasta situarse entre los dos castaños que habrían de formar parte de la futura fachada de la cabaña, y le hizo al hombre un gesto de saludo con la mano acompañándolo con una sonrisa. Y entones, el «toliño» repitió la rèverencia del día anterior.

La niña, en medio de la sorpresa de sus amigos, echó a andar hasta situarse frente a Pumariño.

—Hola, Pumariño. Yo soy Alicia.

El hombre sonrió e hizo gestos afirmativos con la cabeza, como queriendo indicar que ya la conocía.

—Estamos haciendo una cabaña aquí, en medio de estos cuatro castaños, pero no sé cuando la acabaremos porque todavía nos faltan muchas ramas y muchos palos largos...

Pumariño alzó su mirada por encima de la cabeza de Alicia. Después se dirigió a donde estaban los otros muchachos, que se echaron hacia atrás al verlo acercarse. Pasó entre ellos y los miró de uno en uno, con una sonrisa que parecía repartirse entre cuatro, una especial para cada uno de ellos. Extendió los brazos entre cada par de castaños, midiendo en brazadas la distancia y parándose de vez en cuando para memorizar el número de ellas que los separaban.

Después, regresó a donde había dejado la carretilla y se agachó. Alicia, que había ido tras él, vio que cogía un palito y empezaba a dibujar en la tierra del camino. Hizo un sendero que terminaba en una casa, dentro de ella dibujó una mesa con un plato y un hombre sentado delante, con una cuchara en la mano. El hombre eran dos círculos, uno pequeño sobre otro más grande del que salían los brazos y las piernas. Con el mismo palito apuntó hacia su propio pecho y después recorrió con él el camino hasta la casa.

Alicia entendió lo que le quería decir: que se iba a su casa a comer. Pumariño repitió la reverencia, cogió la carretilla y continuó el camino.

Los chavales se quedaron un rato discutiendo entre ellos sobre las distintas interpretaciones que cada uno le daba a los gestos de Pumariño, pero también se marcharon pronto, porque ya empezaba a hacer mucho calor. Acordaron que volverían a verse en la cabaña a media tarde, cuando refrescase.

Serían las seis cuando los cinco amigos, que se habían ido encontrando por el camino, llegaron al Campo de la Iglesia. Ya desde lejos observaron que entre los dos castaños del frente se levantaba la estructura de una puerta hecha con palos. Al acercarse más vieron que había travesaños entre cada par de árboles y, además, el sistema que se había usado para afianzarlos era el de amarrarlos con cordeles sin dañar el tronco, tal y como ellos hacían. Veían sorprendidos cómo la construcción de su cabaña había experimentado un grandísimo avance.

—¡Mirad ahí! —gritó Ángel, señalando el camino por el que se veía venir una enorme carretilla cargada de retamas. Las había amarillas como las que había llevado Ángel, pero la mayoría eran blancas y ahora la carretilla parecía traer los primeros copos de una nevada.

Esperaron a que se acercara y no tardaron mucho en reconocer por detrás de la carga de la carretilla la cabeza redonda de Pumariño. Al verlos, el hombre sonrió a todo lo ancho de su cara de bollo de pan.

Aunque Alicia ya había pensado que aquel enorme avance en la construcción de la cabaña era obra de Pumariño, ahora, al confirmarlo, miró a sus amigos con satisfacción. Ellos seguían sorprendidos y sin saber muy bien cómo reaccionar.

Llegó el hombre hasta ellos y se puso a descargar. Dejó las ramas en el suelo, en el exterior de la cabaña, luego se agachó y les hizo señas para que se acercaran. Comenzó a dibujar en un lugar en el que no había hierba. Pintó la cabaña tal y como estaba en ese momento. Hacía gestos para que se dieran cuenta de lo que representaba el dibujo y, cuando le pareció que todos habían comprendido, empezó a dibujar la estructura de lo que sería el tejado. Lo dibujó a cuatro aguas, hecho con cuatro palos que, partiendo de cada árbol, iban a juntarse en el medio. Finalmente hizo una señal de que esperasen y se fue en dirección a la parte trasera de la iglesia. Al poco rato regresó trayendo una escalera de mano.

Pumariño trabajó toda la tarde con ayuda de los muchachos que, poco a poco, fueron perdiendo el recelo anterior y colaboraban con mucho ánimo. Veían entusiasmados cómo avanzaba la construcción de la cabaña, tanto que, al declinar la tarde con la llegada del ocaso, ya estaba casi cubierta y cerrada.

3

LA CASA DE PUMARIÑO

En dos días la cabaña estuvo terminada y los chicos pudieron empezar a disfrutarla. Allí se reunían todos los días, hablaban de sus cosas y planificaban sus juegos. La cabaña acabó siendo una edificación más de Eiravella, por todos conocida.

Pumariño no volvió por allí, era como si supiera que aquello era cosa de los chicos y que con la ayuda que les había prestado se acababa toda su relación con la cabaña. Pero, eso sí, los muchachos abandonaron la actitud de desconfianza hacia el hombre y ahora se paraban con él cada vez que lo encontraban por la calle. Lo saludaban como si fuera un amigo y él les correspondía con sus gestos y con muestras de satisfacción por aquella nueva manera de relacionarse que habían establecido.

Pero por aquellos días ocurrieron un par de acontecimientos que pusieron a la gente en actitud de desconfianza e, incluso, de acoso hacia Pumariño.

El primero fue que de la iglesia desapareció un santo. Era la imagen de San Paio, delante de la cual era muy frecuente ver a Pumariño cuando la iglesia estaba abierta y vacía. Se aseguraba de que no hubiera nadie y entraba. Iba a paso ligero hasta el altar en el que estaba el santo y allí se quedaba mirándolo, casi inmóvil y con el rostro sereno, incluso un poco sonriente. Si alguien entraba, entonces él salía rápidamente, con la mirada puesta en el suelo.

El santo lo había hecho Vilar de Ansede, un hombre que tallaba en madera las imágenes de todas las iglesias de la comarca. En una ocasión le pidió a Pumariño que le permitiera cortar un cerezo que él tenía detrás de la choza en la que vivía y que nunca había dado ni una sola cereza. Argumentó que sería interesante comprobar si, una vez convertido el cerezo en San Paio, daba algún fruto sobrenatural, ya que de los otros no había dado.

Pumariño, que al principio se negaba, acabó cediendo ante la insistencia de Vilar de Ansede que, un día sí y otro también, iba a pedirle que le diera el tronco del cerezo. Pumariño, por fin, permitió la tala, y en la luna de enero Vilar cortó el árbol y se lo llevó. Dos años después el santo estaba en la iglesia. Nadie puede saber si la talla que hizo Vilar de Ansede se parece mucho o poco a la cara y la figura que el santo tuvo en vida, pero de lo que no hay duda es de que siempre recordará el cerezo del que fue hecho, porque verla es como ver el árbol cuando estaba vivo delante de la casa de Pumariño. Conserva la misma pequeña curvatura que tenía el tronco y que ahora le da al santo infante una cierta torsión, e incluso una rodilla coincide exactamente con el nacimiento de una rama.

Pero un día por la mañana el cura, después de abrir la iglesia, echó en falta a San Paio y fue derechito al cuartel a denunciar la desaparición. Él mismo señaló a Pumariño como sospechoso del robo y los guardias fueron a buscarlo. Lo interrogaron y registraron su casa, pero el santo no apareció.

Hubo en el pueblo quien le dio al asunto una gran importancia y tampoco faltó el que se lo tomó a broma, pero el caso es que casi todos los que se encontraban con Pumariño le preguntaban por el santo.

Pumariño seguía con sus trabajos y sus manías. Continuaba haciendo agujeros en los muros buscando el puchero de oro, pero ya pocos le quedaban sin registrar. Así que el hombre empezó a hacer los agujeros en las paredes de las casas. Aquello no les hizo gracia a los vecinos, que lo echaban de muy malos modos, profiriendo serias amenazas si lo pillaban derribando piedras de viviendas y paredes.

Pero como Pumariño no hizo caso y continuó con su búsqueda, un día que estaba picando la pared de una de las casas de Eiravella, salieron los vecinos y empezaron a reñirle. Detrás de esos vinieron otros y otros y otros... Se armó un lío considerable en el que, todos a un tiempo, le gritaban a Pumariño. El pobre hombre estaba aterrado en medio de aquel jaleo. Miraba a su alrededor con los ojos a punto de salírsele de las órbitas. No había nada que lo asustara tanto como cualquier manifestación de violencia, tanto verbal como física. A continuación

de los gritos empezaron a levantarse puños cerrados que se dirigían a su rostro asustado. Después, alguien le dio un empujón y, por fin, en medio de la gente, alguno levantó un palo y lo agitó amenazadoramente. Entonces, Pumariño arremetió contra el grupo de hombres y mujeres que tenía delante y, empujando a unos, tirando a otros al suelo, se abrió paso entre ellos y huyó. Desde aquel día, y ya hacía de ello más de una semana, nadie había vuelto a ver a Pumariño por Eiravella.

—¿Y a vosotros no os extraña que hayan pasado tantos días sin que aparezca? —preguntó Alicia a sus amigos aquella mañana en la cabaña.

—Después de lo que le hicieron, no me parece raro que tenga miedo de andar por el pueblo —respondió Álvaro—. Dicen que se asustó mucho.

—Sí, y a mí no me parecería extraño que dejase de hacer agujeros en las paredes porque hubiera cogido miedo, pero lo raro es que en toda una semana nadie pueda dar razón de él —dijo Alba.

—Es que fueron dos seguidas. Lo de pillarlo picando la pared de la ferretería y lo de echarle las culpas por la desaparición del santo —intervino Aida—. Cualquiera en su situación se lo pensaría antes de volver a Eiravella.

—¿Entonces vosotros creéis que fue Pumariño el que robó el santo? —preguntó Ángel—. No sé para qué lo querría.

—Pues yo lo echo mucho de menos —dijo Alba.

—¿Al santo? —preguntó Ángel con retranca.

—¡Tú eres bobo! A Pumariño, tonto.

—Ya. Y eso que tú eras la que más miedo le tenía —casi le reprochó Ángel—. Pero tienes razón, yo también lo echo de menos.

—¿Al santo o a Pumariño? —se las cobró Alba.

—¿Sabéis lo qué estoy pensando? —preguntó Alicia poniéndose en pie y mirando a sus amigos uno a uno.

—Pues así, sin más y con solo mirarte la cara, no se me ocurre nada —ironizó Ángel—. Danos una pista, a ver si lo adivinamos.

—Estoy pensando que podíamos ir a casa de Pumariño para enterarnos de qué le ha pasado.

—Tú estás loca —habló Alba—. ¿Cómo vamos a ir a su casa? Si se enteran mis padres me matan.

—Alicia —dijo Aida mirando a su amiga—, no creo que sea una buena idea. Haz el favor de olvidarte de semejante cosa, que tú...

—¿Qué yo qué? —habló Alicia en tono desafiante.

—Que a ti se te ocurren las ideas más raras. Además, muchas veces acaban mal, y no creo que tengas que enfadarte porque yo te lo diga.

—No, si no me enfado, es que estamos todos diciendo que nos extraña no haber visto a Pumariño en más de ocho días, que lo echamos de menos, que esto y que lo otro... Pues la mejor manera de saber qué le ha pasado es ir a verlo. ¿Vosotros qué pensáis? —ahora se dirigía a Álvaro y a Ángel, que escuchaban en silencio lo que las tres chicas decían—. Que estáis ahí sin decir ni pío y después saldréis con eso de «ya lo sabía yo».

—Escucha un momento, Alicia —habló Álvaro poniendo las manos delante como incitando a la calma—, que siempre quieres decirlo tú todo. Seguramente tienes razón, y lo mejor sería ir...

—¿Entonces tú estás conmigo? —le cortó Alicia.

—Espera, déjame terminar. Estaba diciendo que seguramente lo mejor sería ir a ver si le ha pasado algo a Pumariño. En eso, de acuerdo. Pero que vaya el que quiera. Si Alba no quiere, que no vaya.

—En eso también estoy yo de acuerdo, y digo más, si no queréis venir ninguno, iré yo sola —habló Alicia en ese tono de firmeza que solía emplear cuando tomaba una resolución y ya no había quien se la quitara de la cabeza.

—No veo yo a qué viene este rebote que estáis pillando todos —habló Ángel—. Seguramente estamos un poco nerviosos pensando que la gente no se ha portado bien con Pumariño y que él lo está pasando mal. Vamos a calmarnos y a empezar de nuevo. Si tú, Alicia, estás decidida a ir, lo que tenemos que saber es quién irá contigo. Yo voy.

—Y yo —dijo Aida.

—Pues si van Alicia y Aida, yo también voy —se sumó Alba, aunque su tono era algo dubitativo.

—¿Y tú? —le preguntó Alicia a Álvaro.

—También, Alicia, también. Yo voy. ¿Dónde ibais a ir vosotros sin mí? —respondió el chico lanzando una carcajada que contagió a sus amigos, rompiendo así el ambiente algo tenso del momento anterior.

La casa de Pumariño estaba un poco alejada de Eiravella. Había que bajar hacia el río y, antes de llegar al puente, torcer a la izquierda por un sendero asfaltado. A dos kilómetros se dejaba este camino y se seguía bajando, otra vez en dirección al río. Antes de llegar a la orilla, en la ladera de una pequeña colina, estaba la casa.

Era un edificio pequeño, de una sola planta. Para entrar se pasaba por una puertecita abierta en un muro de piedra, que no distaba de la casa más de unos dos metros. El muro conservaba señales evidentes de la obsesión de Pumariño y se notaba que había sido derrumbado y vuelto a construir.

Cuando los chicos llegaron a la entrada se quedaron un momento parados, sin saber qué hacer. Se miraron entre sí y, finalmente, Alicia abrió la cancilla, pero no entró.

—¡Pumariño! ¡Pumariño! —llamó la muchacha.

Se quedaron a la espera por si llegaba alguna respuesta, pero no la hubo. Entraron y se acercaron a la puerta de la casa. Alicia se adelantó y llamó golpeando con los nudillos. Lo hizo con tanta fuerza que se le notó en la cara que se había hecho daño.

Nadie respondió desde el interior. Los muchachos esperaron en silencio. No se miraban entre sí, sino que todos mantenían la vista clavada en el suelo, delante de sus propios pies. Alicia repitió la llamada, golpeando esta vez con la palma de la mano, al tiempo que volvía a gritar el nombre de Pumariño. Ahora sí que escucharon ruido en el interior. No podían identificar a qué se debía, pero el sonido les llegaba con claridad. Se miraron los unos a los otros sin decir ni una palabra. Ahora se distinguía perfectamente el sonido de unos pasos que se acercaban. No hubo ruido de candados ni de cerraduras, la puerta se abrió con suavidad y apareció Pumariño.

Estaba sonriente y no manifestaba sorpresa de ver allí a los chicos, parecía que hubiera estado esperando su visita. Permaneció un segundo ocupando por completo el vano de la puerta, después se hizo a un lado, en un gesto que era una invitación para que pasasen.

Alicia entró decidida y Álvaro la siguió. Los otros mostraron algún recelo, pero el rostro amigable del hombre, que esperaba sujetando la puerta con su mano izquierda, hizo desaparecer en ellos cualquier duda y pasaron al interior.

Pumariño cerró la puerta y empezó a disponer asientos para todos, con una actividad frenética. Ofreció sillas, banquetas, cajones a los que daba la vuelta... señalando a cada uno su lugar. Pero a los chavales no les era fácil prestar atención a las indicaciones del hombre. Estaban absortos en la contemplación del lugar.

La casa tenía una sola y amplia estancia. Una de las paredes estaba ocupada casi toda ella por una cama de hierro. En otra se alineaban una cocina de leña, un fregadero y una mesa grande. La tercera, dejando libre el espacio de la puerta, estaba ocupada por una enorme estantería abarrotada con los más raros objetos que se pueda imaginar. Allí estaban muchas de las cosas que Pumariño recogía en las obras de reforma en las que ayudaba, pero la mayoría eran aquellos objetos que él encontraba ocultos en los muros. Todos juntos, y perfectamente ordenados, había muchos pucheros de todos los tamaños, hechuras y materiales. Habría unos veinte o treinta. Algunos estaban rotos y muchos de ellos tenían a su lado los trozos desprendidos. Aquello recordaba a un museo arqueológico.

Cuando Pumariño notó la atención que los muchachos le dedicaban a la estantería, fue hacia ella y les hizo señas para que se acercaran. Empezó a enseñarles los objetos. Todos estaban perfectamente ordenados con un criterio lógico. Unos, por el material del que estaban hechos, por ejemplo vidrio: botellas de las más variadas formas, vasos, copas, trozos de lámparas, espejos... Otros, por la función: candiles, candelabros, focos, mecheros... También había candados, cerraduras y llaves, cientos de llaves de todos los tamaños. A Aida le llamó especialmente la atención una que medía más de tres cuartas de las suyas. Los chicos contemplaban todo aquello como si acabaran de entrar en un lugar mágico donde cada cosa cobraba un significado especial, distinto de la función para la que había sido hecha. Por eso las llaves no hacían pensar en puertas de edificios comunes, sino en otras que dieran acceso a lugares fantásticos; las botellas recordaban el taller del mismo Merlín; los espejos reflejaban imágenes de los cuentos maravillosos...

Alba se paró delante de nueve frascos amontonados de tres en tres. No eran exactamente cilíndricos, su cuerpo tenía la forma de un cubo imperfecto del que salía una boca redonda, con una tapa de metal por la que cabía una mano. Alrededor de ellos, un armazón de metal los mantenía firmemente unidos. Estaban todos llenos hasta la mitad de caramelos, que en cada frasco eran de un tipo distinto. Pumariño se dio cuenta de la atención que Alba prestaba a los frascos, se acercó, abrió uno de ellos y metió la mano. Sacó un puñado de caramelos, que ofreció a la niña. Después abrió otro y ofreció un puñado a Alicia. Y así, frasco a frasco, fue dándoles caramelos a todos.

Después les hizo señal de que esperasen y prestaran atención. Abarcó con las dos manos el conjunto de los nueve tarros de caramelos y lo depositó en el suelo. Retiró dos o tres piedras de la pared, metió allí la mano y sacó una caja de madera. Lo hacía todo con cuidado y habilidad, la caja solo salía del agujero en una cierta posición y haciendo determinados movimientos.

La abrió y mostró a los muchachos su contenido: quince o veinte relojes de bolsillo en diversos estados de conservación, aunque ninguno de ellos parecía funcionar. Estaban limpios y brillantes, varios de ellos eran seguramente de oro y de plata; sus dueños los habrían escondido en los muros en algún momento difícil, quizás durante aquella guerra de la que había hablado el padre de Alicia, pensando en recuperarlos posteriormente. No es difícil adivinar por qué no pudieron volver a buscarlos. Pumariño

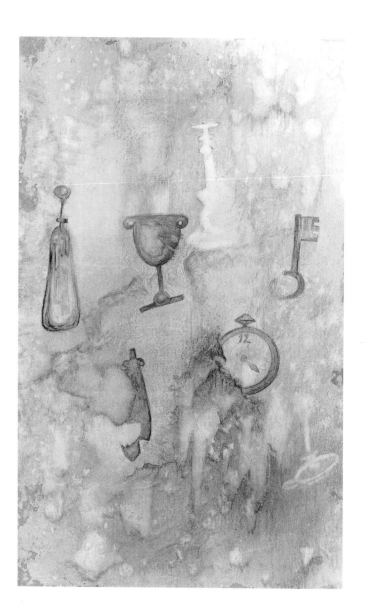

los iba cogiendo y se los enseñaba a los niños de uno en uno.

También había saquitos de tela que el hombre abría para que vieran su contenido. En uno había pequeñas joyas: anillos, cadenas, pendientes... En otro, unas pocas monedas, algunas de plata y otras que parecían ser de hierro o de cobre, todas bastante antiguas. No parecía haber ninguna de las que Pumariño buscaba por todas partes, las de oro.

Aquel era el verdadero tesoro de Pumariño, y seguramente tenía un valor material que para aquel hombre representaría una importante cantidad, pero era evidente que eso él ni siquiera lo había considerado. También es muy probable que los chicos fueran las únicas personas, además de Pumariño, que habían tenido la oportunidad de verlo. Ese pensamiento recorrió el grupo como un mensaje telepático, y todos se sintieron emocionados por la prueba de confianza que aquel hombre les estaba dando, algo que nunca antes había hecho con nadie.

Cuando Pumariño se levantó y fue a guardar la caja en su sitio, Alicia se fijó en la pared de enfrente. En ella había un tablero grande, que seguramente era un resto de alguna de aquellas reformas en las que Pumariño colaboraba. Estaba enmarcado y en él, sujetos con alfileres, había una docena de papeles con dibujos hechos a lápiz. La mayoría eran paisajes que la muchacha identificó enseguida con lugares de Eiravella y de los alrededores. Pero también había algunos rostros y otro, que llamó muy especialmente la atención de Alicia, representaba dos manos erguidas, palma con palma, en actitud orante. Era el dibujo más bonito que la chica había visto en su vida. Las manos no se apretaban, sino que daba la sensación de que se juntaban relajada y suavemente. Las venas y tendones eran como caminos que conducían la vista hacia los dedos, en los que cada arruga, cada pelo, casi cada poro, estaban perfectamente dibujados.

Cuando la niña se dio la vuelta para llamar la atención de sus amigos sobre lo que ella acababa de descubrir, se encontró con que ya estaban todos allí, frente al tablero, silenciosos, admirando también los dibujos. Detrás de ellos Pumariño, sonriente y feliz, señalaba con un dedo hacia su propio pecho, diciéndoles que él era el autor.

—¿Pero tú haces estos dibujos tan maravillosos? —preguntó Alba al hombre, que contestó afirmando con la cabeza.

—Claro —habló Álvaro—, por eso cada vez que nos quiere decir algo hace un dibujo en el suelo. Él se expresa con dibujos.

—Pero entonces, si haces estas cosas tan bonitas —decía ahora Alicia— es que eres un artista.

Pumariño escuchaba todo lo que le decían afirmando continuamente con la cabeza, en especial a esto último que le acababa de decir Alicia.

—Es que estas manos son las más bonitas que he visto en mi vida. Parece que te entran ganas de rezar.

Al oír esto, el hombre se dio la vuelta dirigiéndose hacia la mesa. Abrió un cajón y regresó con un papel en la mano. Era la hoja de un libro que mostró a Alicia. Se trataba de un texto sobre el pintor renacentista alemán Alberto Durero y, en la parte inferior, en un pequeño recuadro, un dibujo representaba dos manos erguidas como las que había dibujado Pumariño. La niña estuvo un rato mirándolas. Después cogió la mano del hombre que sujetaba el papel y le dio la vuelta. Observaba la palma y el dorso con atención.

—Sí —dijo pasado un momento—, este pintor también dibujó unas manos erguidas. Pero no son las mismas que las que están ahí, en la pared. Esas son las tuyas. Tú has dibujado tus propias manos. Me imagino cómo las ibas mirando mientras hacías el dibujo. Estas solo te sirvieron para que te fijaras en las tuyas. Pumariño, tú eres un artista y eso debe saberlo todo Eiravella. Hay que decirles que tenemos un gran pintor en el pueblo y que no lo sabíamos.

Al escuchar esto, Pumariño cambió su rostro sonriente y satisfecho por un semblante temeroso y preocupado, al tiempo que negaba moviendo la cabeza de un lado a otro con violencia.

—¿No quieres que digamos nada? —le preguntó Alicia al ver que había cambiado la actitud del hombre, que seguía negando una y otra vez—. Pues no te preocupes que por nosotros nadie lo sabrá, ¿verdad, chicos?

—No contaremos nada de lo que hemos visto aquí —dijo Ángel, mientras los otros tres amigos también afirmaban mediante gestos que guardarían el secreto de Pumariño.

El hombre, todavía un poco receloso, levantó la mano derecha con la palma vuelta hacia los muchachos y les dirigió una mirada interrogativa, que fue rápidamente comprendida por ellos.

—¡Prometido! —dijeron todos a una, levantando también su mano derecha. Era un gesto que Pumariño les había visto hacer muchas veces mientras estaban construyendo la cabaña.

Entonces el hombre se dirigió a la puerta, indicando a los niños que lo siguieran. Abrió y salió al exterior. Caminó rodeando la casa, volviéndose de vez en cuando para cerciorarse de que los chicos iban tras él. Cuando llegaron a la parte de atrás, donde había un pequeño cobertizo que los muchachos supusieron que sería el cuarto de aseo de Pumariño, este se agachó junto a la pared de la casa y retiró un pilón no muy grande que allí había. Limpió la tierra que había debajo y allí apareció un losa de piedra que Pumariño también retiró. Metió una mano en el hueco y sacó un envoltorio de plástico negro que comenzó a desenvolver con cuidado. Cuando terminó apareció San Paio, lo atrajo hacia sí y miró con cara de felicidad a los cinco amigos, que también lo miraban a él con expresión de sorpresa.

—¡Pero este santo es de la iglesia, Pumariño! —le decía Alba—. No te puedes quedar con él, ¿no ves que no es tuyo?

El hombre, como si ya tuviera una confianza plena en sus amigos, no cambió de ánimo y seguía sonriente mientras decía que no con la cabeza y con un dedo señalaba alternativamente el tocón del cerezo cortado, que todavía se podía ver en una esquina de la pequeña finca, y su propio pecho.

Después levantó la mano derecha con la palma hacia los visitantes, que lo imitaron diciendo que prometían no contarle a nadie dónde estaba el santo desaparecido de la iglesia.

De repente, Alba miró su reloj y dijo casi gritando:

—¡Eh, chicos! ¿Sabéis la hora que es? Tenemos que irnos.

Los otros cuatro se dieron cuenta entonces de que ya era casi la hora de comer y que debían regresar a sus casas; así que, mientras Pumariño envolvía de nuevo el santo y lo guardaba debajo del pilón, empezaron a despedirse apresuradamente. El hombre comenzó a hacer unos gestos que ellos no acertaban a comprender. Quería decirles que volvieran otro día. Por fin entendieron que deseaba enseñarles más cosas que aún no habían visto.

—¿Quieres que volvamos? —le preguntó Alicia, y el hombre afirmó con la cabeza.

—Está bien. Volveremos esta tarde.

—Yo esta tarde no puedo, que tengo que guardar la leña en la leñera —habló Álvaro.

—Pero eso no importa; tú mismo has dicho que no hace falta que vayamos siempre todos juntos —dijo Alicia con un evidente tono irónico.

—Bueno, pues como queráis. Si queréis venir sin mí, venid —respondió el muchacho queriendo aparentar tranquilidad, pero sin conseguirlo.

—No hombre, no. Era una broma. Podemos venir mañana por la mañana.

—Yo tengo que ir de compras con mi madre —dijo ahora Aida.

—Pues por la tarde. ¿Hay alguno que no pueda mañana por la tarde? —preguntó Alicia volviéndose para mirarlos a todos, que le iban indicando su conformidad.

—Pues hasta mañana, Pumariño. Volveremos mañana por la tarde. ¿Y qué nos vas a enseñar?

Pumariño juntaba los dedos y los ponía delante de su boca como si fuera a darles un beso, así quería indicar que sería algo muy bonito.

4

LA CASA DE LA LUZ

La tarde se puso gris y el día siguiente amaneció lluvioso, con una lluvia fina y persistente. Alba y Alicia se reunieron en casa de esta. De todo el grupo ellas eran las mejores amigas, por eso no era raro que también fueran las que más discutían, aparte de aquella especie de suave enfrentamiento continuo que mantenían Alicia y Álvaro, que nunca iba a más, pero que tampoco cesaba nunca.

Estaban en la habitación de Alicia, y Alba peinaba la melena de su amiga. Peinarse era algo que se hacían con frecuencia la una a la otra y que les gustaba mucho. No se podría decir cuál de las dos disfrutaba más, porque se notaba que ambas estaban muy a gusto. A una le producía placer ir pasando el peine suavemente por el cabello de su amiga, desde la raíz hasta las puntas, una y otra vez. Y la peinada se dejaba hacer para sentir la agradable sensación que aquello le proporcionaba.

—No puedo quitarme de la cabeza los dibujos —dijo Alicia con la mirada perdida en lo que se veía a través de la ventana que tenía enfrente—. Todos pensando que Pumariño es medio tonto y resulta que hace cosas que nadie en Eiravella podría imitar.

—A mí el que más me gusta es aquel en el que se ve el campo de la feria, con la iglesia y, allá al fondo, mi casa con el letrero de la tienda —decía Alba recorriendo todo lo largo del cabello de su amiga con el peine.

—Las manos, Alba, las manos. Él vio aquellas que había dibujado Durero y tuvo la idea de pintar las suyas propias. Él pinta lo que ve. Su cabecita seguramente no le da para inventar los dibujos. Por eso pinta lo que tiene delante de los ojos. Quería dibujar unas manos como aquellas del pintor, pero las que conoce son las suyas, y las dibujó.

—Ya, pero los paisajes de Eiravella no los puede ver desde su casa. ¿Cómo los pintó?

—No digo que tenga que tener delante lo que pinta, lo que no tiene es imaginación, pero memoria, sí. Él se aprende los paisajes y después los pinta. ¿Te has dado cuenta de que no falta ningún detalle, pero tampoco hay nada que no esté en la realidad?

—Sí, eso es cierto.

—Por eso dibujó sus propias manos, porque las que tenía en la hoja del libro eran muy pequeñas y no podía verlas bien , pero todo estaba en sí mismo. Me lo imagino levantando las manos para observar cada detalle, cada pelito, cada callo o deformación de los dedos... ¡Es un artista estupendo!

—¡Pumariño un artista! Si lo supiera la gente de Eiravella, muchos iban a alucinar —dijo Alba riéndose.

—Ya tengo ganas de que llegue la tarde para ir allí otra vez. Estoy segura de que todavía nos esperan más sorpresas. Creo que Pumariño es una caja de sorpresas continuas.

—¡Uy, Pumariño un hombre sorprendente! Si alguien te escuchara pensaría que estamos hablando de otra persona.

—¡Qué tonta eres! ¿De verdad tú no crees que esto es una aventura emocionante?

—¿A qué te refieres? ¿A los dibujos de Pumariño?

—A todo. Los dibujos, la imagen del santo, aquella caja que guarda en el hueco de la pared, los tarros de caramelos... ¿De dónde habrá sacado los caramelos? Yo nunca lo he visto comprando. Parece como si no necesitara nada.

—Tienes razón. Ahora que lo dices me doy cuenta, nadie lo ha visto en la tienda. Ni siquiera sé si tendrá dinero, nunca vi que lo llevara.

—Creo que ni tú ni nadie. Me parece que nadie lo vio nunca con una moneda en la mano. ¿Qué comerá? —preguntaba Alicia como para sí.

—Casi siempre le dan de comer en las casas a las que va a hacer algún trabajo. También come a veces en la taberna de Andrea, creo que son parientes lejanos y le dan comida cuando va por allí a la hora de comer o de cenar.

—Pues aun así, estoy segura de que hay días que se queda en ayunas.

—Puede ser. Aunque, no sé si te has dado cuenta, detrás de su casa hay un huerto pequeño muy bien cuidado, a lo mejor es suyo.

Se oyeron unos golpecitos suaves en la puerta y entró la madre de Alicia. Acababa de llegar de su trabajo y traía unas bolsas en la mano.

—¡Ah, estáis aquí, peinándoos como dos presumidas! Pero usad un peine de los míos, que ese es muy malo y os estropea el pelo.

—Mamá, esta tarde vamos a ir de excursión. ¿Puede quedarse Alba a comer aquí?

—Claro que sí, pero tendréis que decírselo a sus padres.

—Si, claro —dijo Alicia—. ¿Y puedo llamar a Aida para que también venga ella a comer?

—Por mí no hay problema, pero ¿qué es lo que estáis celebrando?

—No celebramos nada, es que así ya nos vamos directamente al río desde aquí.

—¿Al río?

—No te preocupes —le cortó Alicia a su madre—, que no nos vamos a bañar, ni siquiera iremos por la orilla.

—A mí tampoco me dejan ir sola a bañarme al río —habló Alba—, pero es que vamos a ir de excursión a Os Carballiños y bajaremos primero hasta cerca de la orilla, desde allí hay mejor camino y es más bonito que por la carretera o por los caminos asfaltados.

—Está bien, está bien. Pero, si queréis comer, ya podéis ir a la cocina y empezar a pelar patatas, que la comida de hoy no va a ser de fiesta: patatas y huevos fritos para todos.

—Es mi plato favorito —dijo Alba con cara de

satisfacción por el menú que le anunciaba la madre de su amiga.

—Alba —habló Alicia—, tú vete a tu casa y diles a tus padres que te quedas a comer aquí; te traes la mochila y llamas a Aida. Así os venís juntas. No te preocupes que las patatas las pelo yo.

Salieron las dos muchachas de la habitación y Alba se marchó a su casa mientras Alicia se dirigía a la cocina para ayudar a su madre a preparar la comida.

Al poco tiempo llegó el padre y asomó la cabeza por la puerta de la cocina.

—Hola a las dos. ¿Hago falta?

—Sí, claro —dijo la madre—. Ve poniendo la mesa. Y pon dos platos más, que tenemos invitadas.

—¿Sí? ¿Y quiénes?

—Alba y Aida —respondió Alicia.

—¿Y quiénes son, si no es mucho preguntar?

—¡No me digas qué no sabes quienes son! —se extrañó Alicia.

—Alba es la de Marcial, el de Los Trigos y la otra es hija de Evangelina —le explicó la madre, que ya estaba acostumbrada a que su marido nunca reconociera a las personas únicamente por el nombre.

Llegaron las amigas de Alicia y comieron todos en medio de una de esas conversaciones en las que los adultos solo se comunican con los jóvenes por medio de preguntas y más preguntas sobre la familia, los estudios y los juegos, que se parecen más a un interrogatorio que a una auténtica conversación. Solo en un momento Aida y Alba se sonrojaron por lo nerviosas que les puso la pregunta que hizo Alicia:

—Papá, ¿y por qué será que a nadie se le ha ocurrido pensar si le habrá pasado algo malo a Pumariño? Hace ya más de ocho días que no se le ve por el pueblo, desde que unos brutos lo trataron muy mal.

—Alicia —respondió el padre poniéndose serio—, ya basta con Pumariño, que en esta casa no sé cuánto tiempo hace que no se habla de otra cosa que no sea ese pobre desgraciado. No os preocupéis, ya en otras ocasiones ha estado mucho tiempo sin que nadie lo viera, y siempre acaba volviendo como si no hubiera pasado nada. No te preocupes más por Pumariño, que empiezo a estar harto.

—Ya, pero si tú hubieras sido uno de los que le quisieron pegar, yo estaría muy avergonzada y me habría enfadado contigo, ¿sabes?

—Pues no es el caso, pero tampoco sé como reaccionaría si se le diera por venir a excavar la pared de mi casa. No creo que me hiciera mucha gracia... Y déjalo ya, por favor.

Cuando terminaron de comer ayudaron a recoger la mesa. Se disponían a fregar los cacharros a toda prisa, porque ya se les estaba haciendo tarde y habían visto por la ventana que Álvaro y Ángel las estaban esperando, cuando la madre les dijo:

—Venga, marchaos, que esto lo terminamos tu padre y yo. Y ya sabes, Alicia, a las nueve aquí. Mejor dicho, las tres, a las nueve de regreso, que vosotras también tenéis que estar en vuestras casas a esa hora.

—Yo tengo que volver antes de las ocho —dijo Alba.

No tardaron mucho en prepararse para salir y, junto con los dos muchachos que las esperaban, se dirigieron hacia la salida de Eiravella, como cinco amigos que van a dar un paseo por la orilla del río.

Ya de lejos vieron que Pumariño los estaba esperando apoyado en la pequeña cancilla, y mirando con atención el camino por el que los chicos llegarían

—¿Has comido? —le preguntó Alicia nada más llegar junto a él. Se notaba que estaba preocupada. El hombre hizo gestos afirmativos y le indicó con aquella manera suya de poner los dedos juntos en la boca y hacer como que les daba un beso, que había quedado satisfecho.

En esta ocasión no los invitó a entrar en la casa, sino que traspasó la cancilla, la cerró y echó a andar haciéndoles señas de que lo siguieran.

Bajaron de nuevo hacia el río y después caminaron detrás del hombre, que daba grandes zancadas que a los niños les costaba seguir. Iban todos en silencio, en parte por la buena marcha que Pumariño imponía y en parte porque el desconocimiento de su destino no les daba tema de conversación.

Llevaban ya unos tres cuartos de hora de caminata cuando abandonaron la orilla del río y empezaron a subir por un camino estrecho, medio cubierto de zarzas.

—¿Tú sabes dónde estamos? —le preguntó Alicia a Álvaro acercándose a él, que caminaba delante, justo detrás del hombre.

—No tengo ni idea. Yo no he estado nunca por aquí. Conozco bien el río hacia abajo, de Os Carballiños para allá, pero por aquí no sé a dónde se va. ¿Qué pasa, tienes miedo?

—No. ¿Por qué iba a tener miedo?. Lo decía por saber dónde nos lleva, nada más.

Pumariño, que escuchó lo que los niños hablaban, se volvió hacia ellos con una sonrisa tranquilizadora, mientras con su idioma de señales les indicaba que ya faltaba poco.

Prosiguieron el camino, que ahora subía en cuesta, y la fila de muchachos se iba estirando, separándose los unos de los otros. De vez en cuando el hombre se volvía y los animaba a continuar, incluso parecía indicarles que la recompensa sería una sorpresa agradable.

En una vuelta del camino, cuando este ya había dejado de ser cuesta arriba y discurría llaneando por la falda de una colina, divisaron una gran casa que Pumariño les indicó como destino final del viaje. Llegaron hasta ella y, parados delante de la fachada principal, pudieron contemplar un hermoso edificio de dos plantas. Tenía una gran galería que la recorría todo a lo largo. Debajo de ella, un porche alto y amplio.

El hombre sacó del bolsillo una gran llave que sonó dos veces dentro de la cerradura. Entraron en una amplia estancia y, a pesar de la oscuridad, pudieron ver que estaba vacía. Siempre detrás de Pumariño, anduvieron arrimados a la pared de la izquierda y pasaron a otro espacio. Pumariño abrió una ventana y comprobaron que se trataba de la cocina. A la derecha, debajo de la ventana, estaban el fogón y el fregadero. En el medio, una mesa. Se notaba que hacía mucho tiempo que nadie la usaba.

Salieron y regresaron a la estancia por la que habían entrado; con la luz que venía de la cocina les pareció aún más vacía. Junto a la puerta había una escalera por la que Pumariño comenzó a subir. Los muchachos esperaron. Poco a poco, y coincidiendo con los sonidos que llegaban de la planta superior, producidos por las ventanas que el hombre abría, todo se iba iluminando. Asomó Pumariño en lo alto de la escalera y les invitó a que lo siguiesen hasta el piso superior.

Alicia empezó a subir muy decidida, seguida de Álvaro, los otros tres dudaron un instante, pero tampoco les seducía la idea de quedarse solos allí abajo, así que tiraron escaleras arriba. Desembocaron en un pasillo ancho. A los dos lados había habitaciones que tenían las puertas cerradas, solo una que quedaba a mano derecha estaba abierta, y pudieron ver que allí había una alta cama de hierro. No podría decirse que estuviera hecha, más bien tenía una colcha vieja tapándola, como para protegerla del polvo. También había una mesilla de noche, una silla y, debajo de la ventana, un estrecho lavabo con pie.

Un poco más adelante, el pasillo iba a dar a una sala grande, que daba en toda su parte frontal a la galería que los chicos habían visto desde el exterior. Allí sí que había claridad. Raudales de luz de las

primeras horas de la tarde inundaban todos los rincones de la estancia vacía de muebles. Alicia pensó que aquel era un hermoso lugar, seguramente nunca había estado antes en una casa en la que se sintiera como entonces se sentía.

Cuidadosamente alineados contra las paredes de la habitación, había una serie de objetos de forma cuadrada o rectangular. Los chicos identificaron aquello inmediatamente: eran cuadros, con la parte pintada vuelta hacia la pared.

Aparte de eso, no había ninguna otra cosa que diese la más pequeña pista de por qué estaban allí los cuadros. No se podía saber si estaban simplemente almacenados o si habían sido pintados allí mismo, porque no había nada de lo que se puede encontrar en el estudio de un pintor. Ninguno de los muchos chismes raros que, además de las pinturas, pinceles y caballetes, suele haber en el lugar de trabajo de un pintor.

Pumariño se acercó a uno de aquellos cuadros y le dio la vuelta. Lo mantenía apoyado contra su vientre y miraba, alternativamente, hacia él y hacia los muchachos. Sobre un fondo oscuro, de superficie irregular, se veía una manzana veteada de rojo. Estaba como flotando en el aire, incluso proyectaba una ligera sombra sobre el fondo. Los chicos quedaron sorprendidos. La manzana parecía haber sido arrancada de un manzano y pegada allí.

El hombre volvió a dejar el cuadro apoyado contra la pared, pero esta vez con la pintura a la vista, y fue a darle la vuelta a otro. Este representaba una pared con una pequeña estantería de madera sobre la que había un paquete de tabaco, y también dos moscas.

Siguió Pumariño dando la vuelta a los cuadros, hasta que todos quedaron a la vista. Había todo tipo de motivos, muchos eran superficies oscuras e irregulares sobre las que flotaban objetos. También había varios en los que las superficies eran lisas. En estos los dibujos eran más imaginativos, como formas salidas de los colores oscuros del fondo. Representaban animales: insectos, moluscos, peces... Pero también se veían rostros y objetos diversos.

Los chicos iban de sorpresa en sorpresa con cada cuadro que Pumariño les descubría. Al principio caminaban a lo largo de la pared mirando cada lienzo, pero no tardaron en ponerse a correr por la sala, saltando de un cuadro a otro, llamando a los compañeros para compartir una sorpresa o una emoción.

—¡Alicia! ¡Alicia! —gritaba Alba—. Ven a ver qué bonito es este.

—¡Mira Álvaro, estas caretas de cartón! —decía Alicia—. Cuando las vi pensé que estaban recortadas y pegadas ahí.

El silencio del momento anterior había desaparecido de pronto y ahora todo era un bullicio de llamadas, carreras y admirados comentarios.

—¿Los has pintado tú, Pumariño? —preguntó Alicia buscando la mirada del hombre.

Pumariño negó con la cabeza insistentemente. Después se echó a reír de un modo un poco extraño, era una risa que nunca le habían escuchado antes. Estaba entre la satisfacción de ver a los muchachos maravillados y el orgullo de saberse poseedor de algo que ellos no tenían, de ser el guardián de un secreto que nadie más que él conocía.

—No. No parecen obra de Pumariño —habló Ángel—. Son muy distintos de los cuadros que él pinta.

—Además, ni los paisajes ni los rostros son conocidos, y él siempre pinta cosas que ya hemos visto alguna vez. ¿Vosotros reconocéis algo de esto? —acabó por preguntar Aida.

Alicia se dirigió a Pumariño y, señalándole uno de aquellos cuadros en el que se veía el rostro de un hombre que parecía flotar y ocupaba la mayor parte del espacio, le preguntó:

—¿Tú sabes quién es este?

Pumariño negó con la cabeza y señaló otros rostros que, siendo el motivo principal de un cuadro o no, formaban parte de él y, poniéndose delante de cada uno de ellos, se volvía hacia los chicos y negaba con la cabeza. Eso fue lo que hizo cuando Alicia le preguntó:

—¿Quieres decir que no conoces a ninguno de los que están pintados en los cuadros?

El hombre negó con mucho vigor y acabó abriendo los brazos para abarcar la totalidad de los cuadros.

—¿Y tampoco sabes quién los ha pintado? —lo volvió a interrogar Alicia.

En esta ocasión Pumariño hizo gestos afirmativos y metiendo la mano en el bolsillo sacó de allí un papel doblado que desplegó y alisó, apoyándolo en

una pierna y pasándole la mano varias veces, antes de enseñárselo a los chicos. En él se veía la figura de un hombre ya mayor, con largos cabellos y barba blanca. Estaba sentado en una butaca, seguramente en la misma habitación en la que ellos se encontraban ahora, porque a un lado de él se veía una galería igual a la que allí había. El hombre tenía un libro en una mano y apoyaba la otra en uno de los brazos de la butaca.

Le pasó el papel a Álvaro y todos lo rodearon para poder ver de cerca el dibujo. Estaba hecho con aquel primor que distinguía los trabajos de Pumariño, cuidando todos los detalles. Esto les permitió comprobar que se trataba de un hombre de unos sesenta o sesenta y cinco años, de rostro largo, delgado y lleno de arrugas. Las manos también eran largas y finas, con los nudillos bien marcados.

—No hay duda de que lo conoces bien —habló Alicia sin dirigirse a Pumariño directamente—. Para poder hacer este dibujo tiene que haber sido muy amigo tuyo. ¿Dónde está él ahora? Porque aquí hace mucho tiempo que no vive nadie.

Pumariño se encogió de hombros y abrió los brazos, indicando así que desconocía el paradero actual del autor de los cuadros. Incluso con sus movimientos les daba a entender que seguramente estaría muy lejos. Después señaló los cuadros haciendo un movimiento continuo con el brazo y terminó dirigiéndose a sí mismo a la altura del pecho. Parecía decirles que ahora los cuadros eran suyos o, por lo menos, que él era el responsable de ellos.

Se quedó el hombre un instante mirando a los chicos, como esperando que le comentasen algo o que le hicieran más preguntas. Al ver que seguían callados, levantó la mano derecha doblando el codo, igual que había hecho el día anterior cuando les exigió que guardaran en secreto lo que habían visto en su casa. Los niños entendieron lo que quería decir y también ellos levantaron sus manos derechas, diciendo a coro «prometido».

Ellos interpretaron que esta promesa significaba el final de la visita y empezaron a salir hacia el pasillo. Pumariño los detuvo llamándolos e indicándoles que se acercasen a un cuadro en el que se veía el interior de una casa. Representaba una habitación con tres puertas, dos abiertas y una cerrada. En él todas las líneas se curvaban, abriéndose de abajo a arriba, como para dar sensación de mayor espacio.

Cuando los niños estuvieron delante del cuadro rodeando a Pumariño, este avanzó un paso y desapareció dentro de aquella pintura.

Fue visto y no visto. Ahora estaba delante del cuadro, ahora ya no estaba allí. En la pintura no se notó ningún cambio. La misma habitación, las mismas dos puertas abiertas y la tercera cerrada, las mismas líneas que se iban curvando, como alejándose del centro. Y de Pumariño ni rastro.

Los chicos, impresionados por lo que acababa de suceder, retrocedieron dominados por un sentimiento de desconfianza hacia el cuadro. Mudos, se miraron los unos a los otros buscando una explicación que ninguno de ellos podía dar. Seguían rodeando la pintura, pero todos habían dado un paso hacia atrás.

—¿Qué ha pasado? ¿Dónde está Pumariño? —dijo Ángel con un cierto temblor en la voz.

—Si todos habéis visto lo mismo que vi yo —dijo Alicia con una voz que no era tan firme como solía ser la suya—, se ha metido dentro del cuadro.

—Pues claro que lo hemos visto —decía Aida apuntando con un dedo hacia la pintura—, entró ahí y desapareció.

—¡Es que pasó para el otro lado! —decía Álvaro al mismo tiempo que separaba el cuadro de la pared para mirar por detrás—. Pero aquí no hay nada, solo la pared y la parte trasera del lienzo. Nada de nada.

—¿Sabéis lo qué os digo? —tartamudeó Alba—. Yo me voy.

—Y yo me voy contigo —dijo Ángel con un hilito de voz que casi no se oía.

—¡Esperad, caramba! —Alicia ya había recuperado su tono de voz—. No nos iremos hasta que Pumariño regrese.

—Yo no pienso quedarme a esperar —volvió a hablar Alba—. No me importa confesar que tengo miedo y que en cualquier momento me voy a poner a llorar.

—Estoy de acuerdo, lo mejor es que nos vayamos todos —la secundó Ángel.

—¿Y si no aparece? —preguntó Aida dirigiéndose a Alicia—. Seguramente estos tienen razón y lo que debemos hacer es marcharnos. A mí también me están empezando a temblar un poco las piernas.

—¿Qué os creéis, que nosotros no tenemos también un poco de miedo? ¿A que sí, Álvaro? —el muchacho afirmó con la cabeza—. Pumariño va a volver, ¿no os habéis dado cuenta de que se metió en el cuadro sonriendo, como si nos estuviera enseñando un juego? Este cuadro debe tener algo especial que él nos quiere mostrar, porque ahora nos considera cómplices de sus secretos.

—¿Y vamos a tener que esperar mucho? —preguntó Alba sin dirigirse a nadie en particular.

—No. No mucho —respondió Alicia—, pero un poco sí. Así que todos tranquilos, que no nos va a pasar nada.

—¿Y tú cómo lo sabes, eh? ¿Cómo demonios sabes que no nos va a pasar nada malo? —le soltó Aida a su amiga en un tono algo brusco.

—Mira, Aida, ¿quieres que te diga la verdad? Yo no sé lo que va a pasar, pero me parece que no va a ser nada malo, así que vamos a esperar un ratito. Estoy segura de que Pumariño va a volver y nos lo explicará todo con claridad.

—¡Ay, eso sí! Como que es muy hablador el hombre —intervino Ángel.

Alicia lo miró sin responder. Volvió a fijar la vista en el cuadro y, poco a poco, lo mismo hicieron los otros chicos.

No habían pasado más que unos pocos segundos cuando, como si las miradas de los cinco amigos fueran un conjuro mágico, de dentro del cuadro salió Pumariño con una sonrisa que cruzaba completamente su cara de bolla de pan.

Salió tranquilamente, como el que pasa por encima de un pequeño muro, levantando los pies para salvar el obstáculo representado por el bastidor de madera que mantenía tensa la tela del cuadro.

Los muchachos lo miraban entre sorprendidos y asustados, sin acabar de decidirse entre echar a correr o quedarse allí.

5

EN EL INTERIOR
DE LOS CUADROS

—¿Dónde estabas? —interrogó Alicia al hombre, sin que ella misma se hubiera repuesto totalmente de la sorpresa por aquel prodigio que acababa de contemplar.

—Es que desapareciste y has estado mucho tiempo sin aparecer. No sé si tú lo podrás comprender, pero nos has dado un susto tremendo —le dijo Aida un poco enfadada.

—¿Y a dónde te fuiste por ahí? —le preguntó Álvaro.

Pumariño seguía delante del cuadro, sonriente, mirando a los niños como si todo hubiera sido un juego de prestidigitación que él acababa de hacer para ellos, uno de esos juegos en los que una cosa está en la palma de la mano y desaparece con solo cerrar el puño, o una cuerda que se corta con unas tijeras y, después de anudarla, sigue entera como si nada.

—Dinos dónde has estado, Pumariño —lo apremió Alicia.

El hombre miró a la niña y, dándose la vuelta, señaló el cuadro. Volvió a fijar la mirada en Alicia y se encogió de hombros, como diciendo que parecía mentira que ella no pudiera comprender algo tan sencillo.

Después cogió a Alicia de la mano y la llevó hasta otro cuadro que representaba un pequeño bosque en el que se distinguía perfectamente cada tipo de árbol: robles, castaños, fresnos, abedules, alisos... Pero no era eso lo que hacía a la pintura tan atractiva, sino los colores. Allí estaba toda la gama del verde, pero también había blancos, grises, plateados, toques violáceos, marrones, negros... que desmentían la idea de que los bosques son únicamente una mancha verde, y recordaban que lo que existe es la luz que va poniendo, casi caprichosamente, un aliento de vida en las cosas. Cuando ambos estuvieron delante de la pintura, el hombre empezó a hacer señas con el dedo hacia el cuadro. Señalaba la pintura y tocaba su superficie con la palma de la mano, como queriendo indicar que se acercara más. Por fin Alicia pareció comprender lo que le quería decir Pumariño.

—Ya te entiendo, ¿quieres que yo también entre en este cuadro?

El hombre le respondió con un gesto afirmativo moviendo la cabeza de arriba abajo con insistencia.

—¿Ah, no! Yo no me meto en un cuadro, y mucho menos en este. ¡Yo qué sé lo que puede haber en ese bosque! A lo mejor hay animales peligrosos.

Pumariño comenzó a caminar a lo largo de la fila de cuadros, señalándolos uno a uno con la mano, al tiempo que miraba interrogativamente a Alicia como preguntándole en cuál de ellos quería entrar.

—¡Alicia! —gritó Alba—. No se te ocurra hacerle caso. No entres en ningún cuadro, que me da mucho miedo.

—¡Espera, Pumariño! Entro yo —dijo Álvaro acercándose a un cuadro en el que estaba pintado un gran edificio con dos torres, cada una de ellas con un reloj. En dirección a él se abría una gran avenida bordeada de farolas.

—¡De eso nada! Si tú no tienes miedo, yo tampoco —dijo Alicia—. ¿Acaso crees que eres más valiente que yo?

—Pues entra tú. Anda, entra, ya que eres tan valiente —le dijo Álvaro dando un paso hacia ella y señalando el cuadro con aire desafiante.

—Pero voy a entrar en el de la manzana, que me gusta más.

La niña caminó unos pasos por la sala y se colocó delante del cuadro en el que una manzana parecía suspendida en el aire. Sentía una fuerte opresión en el pecho y un ligero temblor en las rodillas. Parada allí delante del cuadro, lo miraba indecisa. Volvió la cabeza para ver el rostro de sus amigos. Álvaro, que había permanecido junto al cuadro del bosque, la miraba tranquilo, con una serenidad que casi parecía un desafío. Alba y Aida estaban muy juntas, y una agarraba las manos de la otra. Se les notaba el miedo en los ojos. Ángel estaba aturdido, estupefacto, como si no supiera qué cara poner o como si no entendiera nada de lo que estaba pasando.

Por fin Alicia dirigió su mirada hacia el rostro de Pumariño. Él sí que la contemplaba sereno. En su cara redonda lucía la sonrisa más amigable que la niña hubiera visto en el rostro de una persona. Nada antes le había producido una sensación tan grande de confianza. La niña volvió a mirar el cuadro. Hizo una profunda inspiración y dio un paso hacia delante, levantando ligeramente el pie derecho para no tropezar con el bastidor.

No hubo relámpagos ni sones musicales. Alicia se encontró en un lugar que era como una cueva muy grande, tan grande que parecía que sus límites se separaban en un viaje continuo pero muy lento. Aquellas paredes eran de la misma materia y textura que se veía en el fondo de la pintura donde se alternaban las partes lisas con otras más abultadas y rugosas. Los mismos colores de una amplia gama de marrones y violetas. Y flotando, una gran manzana que Alicia empezó a rodear, sin atreverse a tocarla. No ofrecía, como en el cuadro, siempre la misma cara, con las vetas rojas y sonrosadas alternando con las partes verdes, sino que, al situarse en el otro lado, se podía ver que allí era totalmente verde. Se acercó y vio que no era un único verde uniforme, sino que estaba compuesto por muchísimos tonos combinados.

La niña fue a tocar la manzana pensando que ésta se alejaría suavemente, flotando en el aire, pero no, la manzana se dejó coger. Cuando la tuvo en la mano recordó aquella historia de una mujer llamada Eva que comió una manzana prohibida. ¿Debería ella probar aquella manzana del cuadro? ¿Qué pasaría si la comía? También le vinieron a la cabeza las continuas recomendaciones de sus padres de que, antes de hacer las cosas, tuviese en cuenta las consecuencias. Pero nadie le había prohibido comer la manzana, por lo tanto, la decisión debía tomarla ella y nadie más. Tenía la fruta en la mano y le daba vueltas. La puso con aquella parte más verde, la que no se veía en el cuadro, hacia sí, y la acercó a su cara muy despacio. Abrió la boca y le dio un mordisco, grande, lento. A medida que tragaba el bocado, un sabor a manzana, una sensación de frescura, un comprender el significado de la palabra delicia llenó primero su boca y luego todo su cuerpo, de la cabeza a los pies.

Soltó la manzana sin poder quitar sus ojos de ella, y la fruta tardó un momento en recobrar la quietud anterior, aquella aparente inmovilidad que tenía en la pintura.

Se dio la vuelta y contempló las paredes y el techo de la cueva, que formaban una unidad continua. Comenzó a andar lentamente hacia la derecha con el deseo de tocar la superficie que parecía limitar aquel espacio en el que estaba, pero enseguida comprendió que se alejaba al mismo ritmo lento con el que ella caminaba. Abandonó la idea de llegar a tocarla y se puso a observar con atención la textura y los colores. Le parecía increíble que pudiera existir tan gran cantidad de matices y, al mismo tiempo, dar aquella sensación de uniformidad.

Por fin, volvió a mirar la manzana y se dirigió hacia ella. Dio un paso dejándola atrás y tuvo que levantar el pie derecho para sobrepasar el bastidor del cuadro.

Lo primero que sintió fueron las voces de sus amigos, que pronunciaban, casi todos al mismo tiempo, su nombre con una mezcla de alivio y alegría. Pumariño continuaba con aquella sonrisa del que está participando en un juego divertido y apasionante.

—¡Es fantástico!

Fue lo primero que dijo cuando comprobó que volvía a estar en la bonita sala de la casa a la que los había llevado Pumariño.

—Lo que hay ahí dentro es algo que nunca antes había visto. Es maravilloso —continuó hablando después de un corto silencio en el que observó las caras de sus amigos uno a uno.

—Pero ¿qué es lo que hay? —preguntó Ángel.

—Pues, exactamente lo mismo que veis aquí —dijo señalando el cuadro al que miraba con atención, como si quisiera confirmar la correspondencia entre lo pintado y lo que acababa de ver—. Pero también es otra cosa.

—¿Pero hay o no hay una manzana? —le preguntó Aida.

—Sí, hay una manzana. Claro que la hay. Hasta le di un buen mordisco, y es la fruta más deliciosa que he probado en mi vida.

—Pues será una manzana como otra cualquiera —habló Ángel.

—No. No es como otra cualquiera. No es como una manzana que ya hayas probado. Nada más verla te das cuanta de que es igual, pero distinta.

—Es igual, pero es distinta. Cada vez te expli-

cas mejor, Alicia —le dijo Alba en tono irónico, que también a ella le salía la retranca de vez en cuando.

—Yo sé lo que digo, y además me entiendo. Lista.

—Perdona, chica —dijo una Alba arrepentida de haber mosqueado a la que era su mejor amiga—, se me escapó.

—Veréis —comenzó a explicarles Alicia, que ahora daba la espalda al cuadro—. Vosotros veis aquí esta manzana y pensaréis: «será una manzana como las que he visto y probado tantas veces». Pues no. Ahí dentro te das cuenta de que no es como ninguna de las que hayas visto y comido antes. Es nueva, como si no hubiese existido antes de ser pintada. Como si fuera una manzana única, y no hubiese otra igual. No sé explicarlo bien, pero cuando estás ahí dentro y la pruebas, piensas que no se parece a las frutas que hay en nuestros árboles, sino que es una manzana pintada que además se puede comer. Y así es todo lo que ves ahí dentro.

Los chicos atendían en silencio y quedaron maravillados de lo que su amiga les contaba, solo Pumariño había asentido todo el tiempo mientras Alicia intentaba explicar sus sentimientos en relación con lo que acababa de vivir.

—¡Caray, cómo hablas ahora, Alicia! —se admiró Ángel.

—Sí —dijo Alba—. Cualquiera que te oiga pensará que de ahí dentro se sale más listo.

—Dejaos de bobadas. Lo que quiero saber es si me entendéis.

—Yo, mucho mucho, tengo que decirte que no —intervino Aida—. Pero más o menos comprendo que lo que hay ahí dentro es lo mismo que vemos en el cuadro, solo que sabe de otra manera.

—Creo que ya te entiendo —empezó a hablar Álvaro, que había estado callado casi todo el rato, escuchando con mucha atención las explicaciones de su amiga—. Quieres decir que ahí vemos una manzana igual a las que puede haber en nuestra casa, pero esta está pintada y, por lo tanto, no se puede comer, solo se puede mirar. Pero, cuando entras, te das cuenta de que es una manzana única y no sabe como aquella otra que se tomó de modelo.

—¡Exactamente, Alvarito! ¡Exactamente! ¡Eso es! ¡Qué bien me has entendido tú! ¡Cuánto te quiero!

—¡Uy, uy, uy! —hizo Ángel entre carrasperas falsas y guiños dirigidos a Alba y Aida—. Cuánto lo quiere. ¿Y tú, Álvaro, no la quieres también mucho a ella?

—Déjate de tonterías, Ángel —habló Alicia dándole un pequeño empujón y poniéndose colorada.

Álvaro no hizo caso de las bromas de su amigo. Echó a andar por la sala y se paró delante del cuadro que representaba el pequeño bosque. Era aquel en el que a Alicia le daba miedo entrar.

—¿Puedo entrar en este, Pumariño?

El hombre dio una carrerita y se acercó al muchacho. En el corto trayecto iba diciendo que sí con la cabeza. Seguía con su sonrisa divertida, con aquella cara que reflejaba la felicidad de estar compartiendo su secreto con los chicos.

Álvaro, delante del cuadro, inspiró hondo, como si fuera a sumergirse bajo el agua, y dio un decidido paso al frente. De la misma manera que había sucedido con Pumariño y con Alicia, desapareció de la vista de los presentes y pasó al otro lado, con la sencillez con que se traspasa una puerta abierta.

Los otros muchachos y Pumariño se quedaron silenciosos y expectantes. No sabían qué estaba sucediendo en el interior del cuadro. Solo el hombre y Alicia podían imaginarlo.

Lo que sucedía era que Álvaro había entrado en un espeso bosque a la hora del crepúsculo. Lo recibió un trinar de pájaros y una suave brisa en las copas de los árboles. Echó a andar teniendo buen cuidado de fijarse atentamente en el camino que iba abriendo, para no perderse y poder regresar al lugar por el que había entrado.

Álvaro conocía casi todos los árboles que encontraba, su abuelo le había enseñado a distinguirlos, pero ahora los veía de otra manera: era como si los viera por dentro. Él sabía que los árboles son seres vivos, aquello que decía su abuelo: nacen, crecen, se reproducen y mueren, pero ahora comprendía realmente lo que era la vida, porque cada árbol que veía o tocaba era como si le hablase y le contara su larga historia, como si tuviera sentimientos.

Y también estaban los colores, y los sonidos, no solo el trinar de los pájaros, sino todos esos sonidos que ponen en el bosque el aliento de la vida: animales grandes y pequeños que corren entre los matorrales, arroyos que bajan entre las piedras aquí o

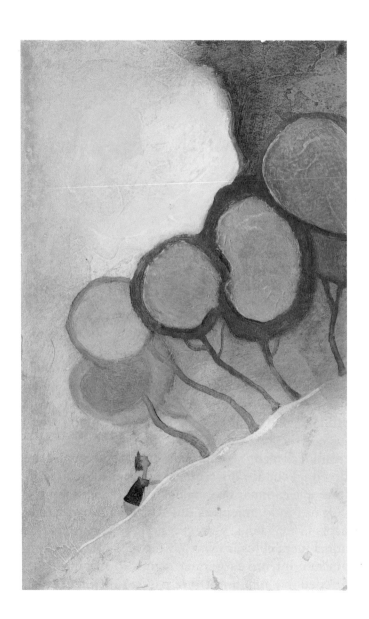

acarician el musgo del fondo más allá. Incluso en un pequeño claro en el que había una roca que no vio en el cuadro cuando estaba fuera de él, creyó sentir algo que emitía la piedra al recibir los últimos rayos de sol por entre las ramas de los alisos.

A Álvaro le pareció que llevaba ya mucho tiempo caminando por el bosque sin que este pareciera tener fin, además se estaba alejando del lugar por el que había entrado, así que decidió dar media vuelta y regresar con sus amigos. Varias veces le pareció que se había perdido y se asustó, pero siempre encontraba algo, ya fuera en el suelo o mirando hacia lo alto, que parecía indicarle el camino. Se dejó guiar por esa indicación medio desconocida a la que seguía instintivamente, y finalmente llegó al lugar donde había estado por primera vez, después de dar el paso que lo introdujo en el interior de la pintura.

Cuando se vio allí, y sin tener ninguna referencia del cuadro, dudó un poco, incluso sintió un ligero hormigueo de miedo, porque la sensación que tenía era la de dar un paso hacia el vacío. ¿Cómo habrán hecho Alicia y Pumariño?, se preguntó, y casi en el mismo momento comprendió que ellos habían estado en un cuadro diferente, el hombre solo había tenido que caminar de espaldas hacia la puerta que se veía al fondo, mientras que Alicia avanzó dejando atrás la manzana, pero él no estaba seguro de que aquel fuera el lugar exacto, y de que no caería en un abismo. Intentó asegurarse de que lo era, miró a su alrededor y ningún otro le pareció mejor, así que, cerró los ojos, dio el paso decisivo y, casi inmediatamente, escuchó la voz de Alicia que decía:

—¡Uy, Álvaro! ¿Qué te ha pasado ahí dentro que vuelves con esa cara de miedo?

Álvaro abrió los ojos y vio a sus amigos que lo estaban esperando, pero esta vez lo hacían con una actitud de total serenidad, sin la intranquilidad de las dos ocasiones anteriores.

—¡Jolines, que no sabía cuál era el sitio por el que tenía que pasar para volver aquí! Todos me parecían iguales, y me asusté un poco pensando que podía ir a parar a cualquier otro lugar que no fuera este.

—Pues ya ves, aquí estás, y sin novedad —le dijo Ángel—. Ahora quiero entrar yo.

—Espera, Ángel —lo retuvo Alicia cuando ya empezaba a buscar un cuadro en el que meterse—. Antes que nos cuente Álvaro cómo le ha ido.

—Tenías razón, Alicia, de aquello solo se puede decir que es maravilloso. Es una sensación fantástica. Ves los colores como no los has visto nunca. Y también comprendes que el bosque que está ahí, en esa ladera, es una cosa y el bosque pintado es otra. No es una copia, es otro bosque. Es nuevo, distinto. Además, ahí dentro comprendes que un árbol es un ser vivo. Los árboles te hablan.

—Pues yo también quiero entrar en un cuadro —insistía Ángel recorriendo la sala y mirando los cuadros. Apartaba unos para ver si detrás había otros. Les daba la vuelta a los más pequeños que habían quedado en un rincón de la sala. Fue entre estos donde encontró uno que parecía sin terminar. Representaba a un niño que jugaba ensimismado con una consola electrónica. Lo cogió y fue corriendo a donde estaba Pumariño.

—¿Puedo entrar en este?

El hombre, sin dejar ni un solo momento de sonreír, le hizo indicación de que sí.

—Pero si en ese no cabes —le dijo Aida.

Pumariño miró a la niña, cogió el cuadro de las manos de Ángel y lo colocó en el suelo, delante de los pies del muchacho. Después empezó a indicarle con gestos lo qué tenía que hacer para entrar. Ángel estaba tan inquieto por lo que iba a suceder que no era capaz de comprender lo que el hombre le explicaba.

—Te está diciendo que para entrar solo tienes que hacer como si fueras a ponerte de pie encima del cuadro. Después notarás como si fueras resbalando por un tobogán —le dijo Alicia que era la que mejor interpretaba a Pumariño—. Para salir no tienes más que dar un salto hacia arriba y ya estarás de vuelta.

Ángel levantó la vista para mirar a sus amigos. Parecía que empezaba a debilitársele el entusiasmo que sintiera un momento antes, así que fue a poner el pie derecho sobre el cuadro y en seguida sintió que bajaba y bajaba, hasta aparecer en medio de una especie de sala medieval, llena de artilugios extraños. También había muchas puertas, escaleras y balcones.

Casi no había tenido tiempo de darse cuenta de su paso al interior del cuadro, cuando escuchó a sus espaldas un fuerte ruido. Dio un salto y vio que hacia él venía volando un objeto. Se separó justo a tiempo de ver cómo lo que venía por el aire caía donde él había estado unos segundos antes, y explotaba.

Miró a su alrededor buscando un lugar donde esconderse, pero entonces vio que, desde el fondo de la habitación, venían caminado hacia él dos hombres corpulentos, cada uno con una espada en la mano. No necesitó esperar a que se acercaran para comprender que eran mucho más fuertes que él y que no tenían buenas intenciones. Ángel seguía buscando dónde esconderse. Echó a correr hacia arriba por unas escaleras lo más rápido que le permitían sus piernas. Cuando llegó a lo alto, miró hacia atrás y vio que los dos hombres también subían tras él. Ahora corrían todo lo que les daban de sí unas piernas cortas y arqueadas. Se metió el chico por un pasillo exterior y los perseguidores seguían detrás, como si supieran a dónde tenía intención de dirigirse en cada momento. Se acercó al balcón y miró hacia abajo con el propósito de saltar, pero había mucha altura y tuvo miedo de hacerse daño en la caída. Se dio la vuelta y vio que sus perseguidores estaban a poco más de dos metros y que le cerraban el camino. Corrían hacia él con las espadas en alto. Ángel dejó que dieran un par de pasos más y, cuando ya estaban a punto de golpearlo, se agachó y pasó entre sus piernas. Uno de los atacantes había iniciado la descarga del golpe, Ángel lo evitó al agacharse, pero el hombre no pudo frenar el impulso del arma y le dio en la cabeza a su compañero, que cayó despatarrado en el suelo del balcón.

Ángel corría escaleras abajo. Al pasar vio que había en el suelo una espada igual a las que llevaban los hombres que lo perseguían, pero no se le ocurrió cogerla pues estaba seguro de que sería muy pesada y él no podría levantarla, además, tampoco sabría manejarla frente a aquellos individuos que la dominaban como si hubieran nacido con ella en la mano.

Llegó abajo y, sin pensarlo, abrió una de las puertas y pasó a través de ella sin mirar lo que allí había. No bien acababa de cerrar la puerta tras de sí, cuando un enorme perro se lanzó sobre él. Menos mal que estaba sujeto con una cadena y no podía llegar hasta donde el muchacho se encontraba. Se quedó quieto, con la espalda pegada a la puerta por la que acababa de entrar, mientras el perro daba grandes saltos que la cadena retenía haciendo que el animal quedara por momentos suspendido en el aire.

No podía permanecer así mucho tiempo, las acometidas del perro acabarían rompiendo la cadena en cualquier momento, y no tenía ninguna duda de que el bicho aquel se lo comería como si nada. Quiso salir y resultó que la puerta estaba cerrada y no había manera de abrirla. Volvió a enfrentarse con el perro, que seguía con aquellas acometidas feroces que tenían a Ángel totalmente aterrorizado. En esta situación vio que a poca distancia de él estaba la llave de la puerta, pero dentro de los dominios del animal. Hizo lo posible por tranquilizarse y paseó la vista a su alrededor, en especial por los lugares a los que la fiera no podía llegar, por lo menos mientras la cadena resistiese. En la misma pared en la que estaba la puerta, y a un metro de donde él se encontraba, vio un palo que terminaba en una pequeña bifurcación. Aquello le podría servir para acercar la llave hasta él. Se desplazó pegado a la pared y cogió el palo. Fue hasta una esquina de la habitación, porque allí tenía algo más de espacio para poder maniobrar, y empezó a deslizar la punta del palo por el suelo, en dirección a la llave. El animal, que además de fiero era listo, al percatarse de lo que quería hacer el chico, se puso a morder el palo para impedírselo. Ángel tiraba y empujaba cada vez que el animal sujetaba con su boca el instrumento hasta conseguir que lo soltase, y volvía a empezar. Estuvieron así un buen rato, como repitiendo un juego una y otra vez. El primero en cansarse fue el perro que, harto de que Ángel le arrancara el palo de la boca, se desentendió de él y fue directo hacia la llave. La cogió con sus dientes y se quedó quieto en medio de la habitación, como si dijera: «Ahora sí que te fastidié bien fastidiado. Ven a buscarla si te atreves». A Ángel aquello, en vez de desanimarlo, le puso en el corazón una rabia tan grande que levantó el palo en el aire y descargó un tremendo golpe en el hocico del perro. El animal aulló de una manera horrible y la llave salió disparada hacia la esquina opuesta a la que estaba el muchacho.

Seguía el animal quejándose y lamiéndose, sin hacer caso del muchacho que se dirigía hacia la lla-

ve con la espalda bien pegada a la pared. Por fin la cogió y abrió la puerta. Antes de salir se volvió hacia el perro, que ya iniciaba otra vez sus acometidas, y le dijo:

—¡Vete a la mierda! —porque Ángel, cuando se enfadaba, era un poco malhablado.

Al salir vio, allá al fondo de la estancia, a uno de los hombres que le habían estado persiguiendo. Estaba de espaldas y no se percató de la presencia del muchacho, que cruzó como un rayo buscando el lugar por el que había entrado en el cuadro. Pero no había dado ni dos pasos, cuando el suelo se abrió bajo sus pies y cayó.

Menos mal que había poca altura y no se hizo daño. No sabía dónde se encontraba porque aquello estaba muy oscuro y casi no se veía nada. De repente sintió que algo silbaba junto a él y, al mismo tiempo, vio una luz que pasaba. La siguió con la mirada hasta que cayó al suelo. No tuvo tiempo de saber de qué se trataba, porque otro silbido y otra luz llamaron su atención. Entonces se dio cuenta de que estaba en un patio y de que desde fuera le lanzaban bolas de fuego. Miró a su alrededor aprovechando el resplandor de las propias bolas, pero allí no había puertas ni ventanas, solo una barandilla a la que se acercó para comprobar que debajo de aquel lugar se abría un abismo sin fin. Las bolas de fuego seguían cayendo y Ángel tenía que poner mucha atención en esquivarlas porque, si lo pillaba alguna de ellas, aquello sería el fin. Entonces escuchó un ruido encima de su cabeza y vio que por un alto tragaluz alguien lanzaba una escala larga y estrecha y que a continuación bajaba por ella el hombre cojo que lo había estado persiguiendo desde su entrada en el cuadro.

Esquivando las bolas ardientes y vigilando la llegada del bárbaro de la espada, Ángel llegó a creer que ya no tenía escapatoria posible. Era inútil pensar en usar la escala por la que había bajado el hombre, porque a la mitad del descenso se rompió y el agresor cayó de pie a poca distancia del muchacho. En un abrir y cerrar de ojos, aquel animalote estaba en posición de ataque, con sus piernas torcidas un poco flexionadas, el tronco inclinado hacia adelante, los brazos separados del cuerpo y los ojos llenos de furia.

—¿Pero yo a ti que te he hecho? —le preguntó Ángel, sin dejar de dar saltos para esquivar las bolas ardientes y también para evitar que el tipo aquel lo atacase.

En una de estas, el chico miró hacia arriba y vio el tragaluz abierto y a través de él percibió otro muy parecido, pero no tan nítido. Entonces recordó lo que Alicia le había dicho cuando entró en el cuadro: «Para salir no tienes más que dar un salto hacia arriba, y ya estarás de vuelta».

Sin perder de vista ni las bolas ni el atacante, se situó bajo el tragaluz, cerró los ojos y saltó hacia arriba, dando el salto más grande del que fue capaz.

No sintió nada, ni vio otra cosa que no fueran sus amigos esperándolo, rodeando el cuadro en el que él había estado hasta un momento antes.

—¿Qué tal, Ángel? ¿Ha estado bien? —le preguntó Aida, poco convencida de que aquellas fueran las palabras adecuadas al ver el rostro descompuesto del amigo, que volvía con los cabellos revueltos, sudoroso y sin aliento.

—¡Ha sido horrible! ¡Terrible! Nunca en mi vida había pasado tanto miedo ni me había visto en un apuro semejante. ¡Yo ahí no vuelvo a entrar jamás!

Los muchachos, desconcertados por lo que Ángel decía y por el aspecto con el que regresaba, se acercaron y empezaron a palmearle la espalda para ayudarlo a que se recuperara un poco y se tranquilizara. Solo Pumariño permanecía sereno, sin perder su sonrisa, como si no le diera importancia a los apuros del chico, pero también colaboraba como podía para que recobrase la serenidad y se fuera reponiendo del susto que se le había metido en el cuerpo.

—¿Pero qué te ha pasado dentro de ese cuadro? —le interrogó Álvaro pasado un rato.

—Pasó que me metí dentro de un videojuego y allí me encontré con que querían matarme. Tuve que huir de dos tipos que pretendían partirme al medio con sus espadas. ¡Y cómo corrían! También había explosiones y bolas de fuego, que no creas tú que es fácil saltar para evitar que te den. Y además, el perro, ¡el maldito perro del demonio!

—¿Había un perro?

—Sí, Alba, había un perro. Y menudo perro. Era grande como un becerro y fiero como, como... Yo qué sé. El perro más fiero que uno se pueda imaginar. No era de esos que ladran pero no muerden, este ladraba como un condenado y, si le dejo, me come entero como si nada.

—Bueno —dijo Alicia—. Lo importante es que ya estás aquí y que no te ha pasado nada.

—¿Cómo que no me ha pasado nada? Se nota que no ha sido a ti.

—Hombre, ya veo que te has llevado un buen susto, pero, a fin de cuentas, solo era un juego.

—Claro, un juego en el que podían haberme matado con una bomba, con una espada, con una bola de fuego que me cayera en la cabeza..., o que me devorase el demonio del perro aquel. Yo también pensaba que solo era un juego cuando estaba delante de la pantalla apretando botoncitos, pero ahora conozco el canguelo que debe pasar el que corre por allí dentro.

Poco a poco Ángel se fue tranquilizando. Se había sentado en el suelo, arrimado a la galería, y a su lado se fueron sentando también sus amigos, solo Pumariño permanecía en pie, observando a los chicos. Alba miró su reloj.

—¿Sabéis qué hora es? Hay que ir pensando en marcharse —dijo.

—Todavía no son las cinco —dijo Álvaro.

—¡Ay, sí! Son las cinco y media pasadas. Y el camino de vuelta nos lleva casi una hora.

—Yo tengo las cinco menos tres minutos —habló Alicia mirando su reloj.

—Estáis mirando mal —comentó Aida fijándose en el suyo—. Son casi las seis menos veinticinco, como dice Alba.

—Un momento —habló Alicia poniéndose en pie—. ¿Tú qué hora tienes, Ángel?

—Yo, las cinco pasadas. Pero este reloj nunca ha funcionado muy bien.

—Es decir, que tenemos dos horas posibles. Las seis menos veinticinco o las cinco, más o menos —hablaba Alicia, de pie frente a sus amigos que seguían sentados en el suelo con la espalda apoyada en la galería—. Tenemos las cinco los que hemos estado dentro de algún cuadro, y tenéis las seis menos veinticinco...

—...Menos veintitrés —cortó Aida, que seguía mirando su reloj mientras escuchaba a su amiga.

—Menos veintitrés, eso es igual. Decía que los que estuvimos dentro de algún cuadro tenemos la misma hora y los que no, tenéis treinta y cinco minutos más tarde. ¿Os dais cuenta de lo que esto quiere decir?

—Que unos u otros tenemos el reloj estropeado —dijo Ángel.

—¿Igual de estropeado? No, Ángel, no es eso. Pensad un poco. ¿Quién ha estado más tiempo dentro de su cuadro?

—Yo diría que más o menos los tres igual —respondió Alba mirando a Aida, que asintió con la cabeza.

—O sea, algo menos de media hora cada uno.

—Sí. ¿Y qué? —preguntó Álvaro.

—¿No me digas que no lo entiendes, Álvaro?

—¡Ay! ¿No me digas que no lo entiendes, Álvaro? —la imitó burlonamente Ángel—. Pues yo tampoco lo entiendo y en mí no te extraña. Es como si dijeras que es normal que yo sea tonto, pero no que lo sea este.

—Álvaro, o Ángel, o cualquiera. Lo que esto quiere decir es que el tiempo que hemos estado en el interior del cuadro no cuenta. No pasa el tiempo cuando estás ahí dentro.

Se quedaron todos callados, mirando cada uno su reloj y echando cuentas por lo bajo.

—Pero si los que habéis entrado sois tres, y cada uno estuvo, poco más o menos, media hora, la diferencia tenía que ser de casi hora y media, ¿no? —comentó Aida.

—No —la corrigió Alicia—. No, porque cada uno ha estado media hora dentro, el resto del tiempo se le pasó como a vosotras. Por eso tenemos los tres media hora menos.

Pumariño escuchaba todo aquello desde su silencio. Después se acercó a los chicos y, poniendo una mano en el hombro de Alicia, confirmó con la cabeza que era cierto lo que la niña decía.

—Pues que sea como quiera —dijo Alba rompiendo el silencio en el que los otros chicos seguían consultando sus relojes y murmurando cálculos—, son cerca de las seis menos cuarto por mi reloj y por el de mi madre, y yo tengo que estar en casa antes de las siete y media.

—¿Antes de las siete y media? —se sorprendió Aida—. ¿Por qué tan pronto? La madre de Alicia nos dijo que a las nueve.

—Sí, pero mi madre me dijo a mí que a las siete

y media, porque a las ocho llega mi padre y tenemos que ir todos a no sé donde.

—Es que yo todavía no he entrado en ningún cuadro —insistió Aida.

—Hacemos una cosa, volvemos mañana —habló Alicia—. Decimos en casa que vamos a comer en la cabaña todos juntos, venimos aquí y entramos en los cuadros que queramos...

—Yo no sé si querré —interrumpió Ángel.

—No tengas miedo que vamos a entrar todos juntos en uno de ellos. Eso sí que va a estar bien. ¿Podemos, Pumariño?

El hombre dijo que sí con la cabeza.

—Pues venga, vámonos y volvemos mañana.

Bajaron las escaleras y salieron al exterior. Esperaron a que se les uniera Pumariño y después se pusieron a caminar los seis en fila, con el hombre delante, guiándolos.

6

LA CIUDAD DE LA TORRE

Tal y como los chicos habían acordado, al día si-guiente por la mañana temprano estaban todos en casa de Pumariño, que los esperaba, como la otra vez, apoyado en la cancilla. Cuando la tarde anterior regresaban a sus casas se habían preguntado de quién serían aquellos cuadros, quién los habría pintado y dónde estaría ahora esa persona. Desde luego, descartaban que hubiera sido Pumariño, además él ya lo había negado. Entonces, ¿qué relación tenía él con la casa y con las pinturas?

Alicia, que era la que mejor lo entendía, se había comprometido a preguntárselo, y así lo hizo antes de emprender el camino hacia la casa de los cuadros. Pumariño no estaba dispuesto a dar demasiadas explicaciones y, una vez tras otra, se encogía de hombros por toda respuesta a los requerimientos de Alicia. Lo máximo que consiguieron sacarle, y siempre a través de las interpretaciones de la chica, fue que la persona que había pintado los cuadros se había ido hacía ya tiempo y que era amiga suya, por lo que le había encomendado el cuidado de la casa y de las pinturas. A las preguntas de la chica, que quería saber cuál era el nombre de esa persona o el lugar donde estaba ahora, Pumariño respondía con aquel gesto que había aprendido de ellos y que consistía en levantar en escuadra el brazo derecho con la palma hacia el frente, para indicar que estaba obligado a guardar el secreto.

Se pusieron en camino; como la vez anterior, el hombre iba delante y los muchachos detrás. Cuando llevaban unos diez o quince minutos caminando, Álvaro se dio cuenta de algo que le pareció extraño.

—Alicia —le dijo a su amiga, adelantándose para ponerse a su lado— ¿te das cuenta de que estamos yendo por un camino distinto?

La niña miró a su alrededor y comprobó que era cierto lo que su amigo decía, entonces apresuró el paso y se puso a la par de Pumariño.

—Oye, Pumariño, yo creo que por aquí no es.

El hombre la miró sonriente y afirmó con la cabeza, como diciendo que él sabía bien por donde había que ir.

Continuaron caminando. Llevaban un paso más ligero que el día anterior y los chicos comenzaron a intuir que el hombre, con el cambio de ruta y con hacerlos andar más, pretendía que no aprendieran el camino. Era la primera vez que mostraba dudas sobre la confianza que le merecían los muchachos. Aquel secreto era para él mucho más importante que el del lugar donde tenía escondida la imagen del santo.

Después de casi una hora de camino, llegaron a la casa, esta vez lo hicieron por la parte trasera. La rodearon y entraron. Fueron directamente a la sala. Solo había un cuadro de grandes dimensiones. Todos los que estaban allí el día anterior habían desaparecido.

Los chicos, en el medio de la sala, daban vueltas buscando aquellas pinturas en las que habían entrado Alicia, Álvaro y Ángel, pero no estaban.

—¿Dónde están los otros cuadros, Pumariño? —preguntó Alicia encarándose con el hombre, que se encogió de hombros una vez más.

La muchacha echó a andar por el pasillo, abriendo las puertas de las habitaciones. En ninguna de ellas encontró las pinturas.

—¿Dónde has escondido los otros cuadros que estaban aquí ayer? —volvió a preguntar con un tono que no dejaba lugar a dudas sobre la exigencia de una respuesta.

Pero no la hubo, Pumariño se volvió a encoger de hombros, se rió y caminó hacia el gran cuadro, que tenía la parte del lienzo en la que estaba la pintura hacia la pared. Empezó a darle la vuelta. Lo hacía despacio, como si estuviera a punto de revelar un gran misterio. Sonreía mirando a los niños, que ahora también miraban con un cierto recelo lo que él hacía, temerosos de que se rompiera el hilo de la confianza mutua.

Cuando el cuadro estuvo con su cara pintada vuelta hacia ellos, ese temor no disminuyó, sino que se le unió una sensación de inquietud que se acababa de instalar en los corazones de los cinco amigos al contemplar aquella tela.

Representaba un vasto espacio en el que se entrecruzaba una y otra vez, de todas las maneras posibles, una estructura de vigas y columnas entre las que no había ninguna pared. Era de una inquietante gama de grises, como si aquel fuera un lugar al que nunca llegaba la luz del sol de forma directa.

En el centro había una imponente torre. Alta y no muy ancha, sin ventanas, y con una única puerta que parecía pequeña en comparación con las extraordinarias dimensiones de la edificación. Su color, un ocre oscuro que en algunos sitios se acercaba al marrón terroso, incrementaba la sensación de desolación.

Pumariño apoyó el cuadro contra la pared y este quedó casi vertical. Los chicos observaban en silencio la pintura. En sus rostros serios se dibujaba esta vez un cierto desagrado, muy distinto de la satisfacción y la curiosidad que les habían producido los cuadros del día anterior, como si ninguno de ellos se atreviera a proponer entrar en aquel mundo que el lienzo presagiaba.

El hombre, que se había situado a su lado, les indicaba con gestos que se decidiesen a entrar, pero ellos no hacían ningún movimiento en ese sentido.

—Yo ya no tenía demasiadas ganas de entrar en ningún cuadro, pero ahora os digo que en ese no entro —dijo Alba después de un rato.

—Tienes razón —la secundó Aida—, no me parece que sea un lugar agradable para visitarlo.

—A mí hasta me parece peligroso —apoyó Ángel.

—¿Y por qué te parece peligroso? —inquirió Alicia mirándolo—. La sensación que a mí me produce es de tristeza, pero no de que ahí vayamos a encontrar algún peligro.

—Puede que tengas razón —ahora hablaba Álvaro—, pero no es como los otros. Este no me invita a entrar como me pasaba con cualquiera de los que vimos ayer, en los que nada más verlos ya me apetecía meterme en ellos.

Volvieron a quedarse en silencio mirando el cuadro, mientras Pumariño parecía esperar a que se decidieran sin dar señales de que a él le produjera la misma inquietud aquella pintura. Alicia se encaró con él y le preguntó:

—¿Tú quieres que entremos?

Pumariño hizo con la cabeza gestos afirmativos, mientras extendía las manos hacia el cuadro en una clara invitación.

—¿Y qué hay ahí dentro? —le preguntó Álvaro.

El hombre hacía gestos indicando que en el interior encontrarían lo mismo que se veía en el cuadro y nada más.

—¿Y quieres que entremos nosotros? —volvió a interrogar Alicia al hombre, que hizo señas para comunicarle a la chica que él también los acompañaría. Que en esa ocasión entrarían todos juntos.

—Otra pregunta —habló Álvaro—, ¿tú has estado ya alguna vez dentro de esa pintura?

Negó Pumariño con insistencia y después hizo un gesto apremiándolos a que tomasen la decisión de entrar en aquella ciudad, o lo que fuera.

—¿Entramos? —dijo Alicia volviéndose hacia sus amigos. Los miraba de uno en uno, pero ninguno de ellos respondía ni hacía el menor movimiento indicativo de que deseaba ver lo que había tras aquella tela pintada. Por fin se dirigió a Álvaro, porque lo consideraba tan decidido como ella misma, pero también porque sabía que era más prudente y, por primera vez, Alicia deseaba convencerse de que debía obrar con sensatez, sin dejarse llevar por sus impulsos, como le había pasado tantas veces, la mayoría de ellas con consecuencias lamentables.

El chico, que había bajado la mirada, levantó los ojos y observó atentamente la pintura.

—No creo que ahí dentro vaya a pasarnos nada diferente de lo que ocurrió en los otros cuadros.

—Será en el que entraste tú —lo interrumpió Ángel—, porque lo que es en el mío, no te vayas a creer que lo pasé muy bien.

—Sí, Ángel. Pero pudiste salir sin que te ocurriera nada.

—Bueno, yo creo que lo que me pasó no fue ninguna broma.

—Entonces lo mejor será que no entremos si no estamos todos muy convencidos —comentó Alba—. O, por lo menos, que los que no quieran no entren.

—Escucha Alba —Alicia ahora estaba muy cerca de su amiga—, esta vez, o entramos todos o nos vamos para casa y se acaba la historia. Así que, por última vez, ¿entramos o no?

Nadie quería responder. Se miraban los unos a los otros y bajaban la vista, pero ninguno se atrevía a decir ni que sí ni que no. Por más que Alicia buscaba con la mirada una respuesta en los ojos de los muchachos, esta no aparecía por ningún lado. Entonces se volvió para encararse con Álvaro. Este la miró con determinación.

—Por mí, entramos.

Dicho esto percibió un ligero movimiento de sorpresa entre sus amigos.

—Por mí también —habló Alicia, muy resuelta y dando un paso hacia adelante en dirección al cuadro.

—Si entramos todos, yo también voy —dijo Ángel con un tono de voz que revelaba poco convencimiento.

—Alicia, ¿tú crees que debemos arriesgarnos? —preguntaba Alba con el deseo de que le respondiera que no—. Porque a mí no me apetece mucho pero, si vosotros entráis yo también.

—¿Tú vienes, Aida? —dijo Alicia con la mirada clavada en los ojos de su amiga, que no sabía qué responder ni cómo detener aquello que le producía tanto miedo.

—Yo no quiero entrar, ni en ese ni en ningún otro cuadro. Lo que pasa es que todavía me da más miedo quedarme aquí sola.

Los cinco, como si se hubieran puesto de acuerdo, le dedicaron una larga mirada al cuadro, y después dirigieron la vista a Pumariño.

—De acuerdo. Vamos allá. ¿Quieres ir tú delante, Pumariño?

El hombre sonrió ampliamente como hacía siempre, afirmó con la cabeza y dio un paso hacia el cuadro levantando el pie derecho para superar el bastidor.

A continuación Alicia y Alba, después Ángel y Aida y, por último, Álvaro, los muchachos hicieron lo mismo y pasaron al interior de aquella pintura de tan inquietante apariencia.

La primera sorpresa fueron las dimensiones. Todo era mucho mayor de lo que se habían figurado cuando contemplaban el cuadro: las distancias entre aquellas vigas, que ahora resultaban más numerosas y también su longitud que, perdiéndose en el infinito, daban la sensación de que las filas de columnas eran innumerables, formando una especie de laberinto de incontables caminos. La altura de aquella extraña estructura era también mayor de lo que habían imaginado.

Comenzaron a caminar en medio de aquel paisaje entre curiosos y asustados. La sonrisa de Pumariño tampoco era la misma de siempre, parecía que estuviera perdiendo la seguridad que él siempre había mostrado. No tardaron mucho en darse cuenta de que no estaban dentro de un laberinto sin salida, sino que había posiciones desde las que se podía observar que todas las hileras de columnas confluían muy lejos, en la Torre. Como si ella fuera el centro de aquella estructura, aunque no era fácil establecer referencias que permitieran orientarse. La primera en notarlo fue Alicia, que dejó que sus amigos se adelantaran.

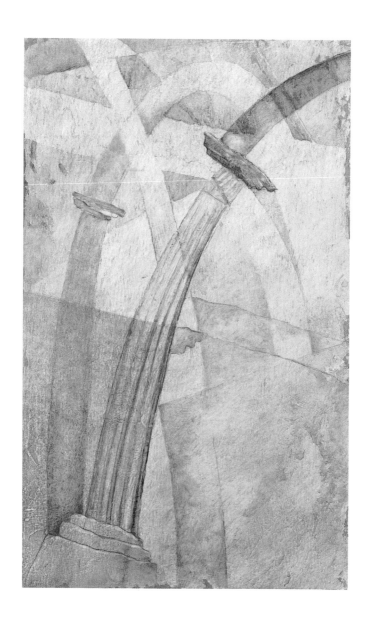

—¿Cuántas filas de columnas hemos pasado ya? —le preguntó en voz baja a Álvaro, que caminaba en último lugar.

—Esta es la tercera, las he ido contando.

—¿Por qué? ¿Tú también te has dado cuenta de que cuando llevemos un rato caminado ya no sabremos por donde hemos entrado?

—Claro —respondió el chico—. Pero esto es inútil, porque si volvemos hacia atrás tendré que irlas restando y dentro de poco ya me habré liado completamente.

—Ya sé lo que vamos a hacer. Esperad un poco y no os mováis de aquí —dijo elevando un poco la voz pero sin gritar—, Álvaro y yo vamos a volver atrás.

—¿Atrás? ¿Para qué? —interrogó Alba con los ojos abiertos como platos—. Será mejor que no nos separemos los unos de los otros para nada.

—Vamos a marcar el camino, Alba. Para poder encontrarlo cuando queramos volver, que aquí todo es tan parecido que no vamos a saber localizar el lugar exacto si no le hacemos una marca.

—Pues mejor será que no dejéis miguitas de pan, que después vienen los pajaritos, se las comen, y ya no hay manera de saber cuál es el camino —habló Ángel intentando hacer una gracia que les borrase a sus amigos la inquietud de la cara, pero tuvo poco éxito, porque fue como si nadie lo hubiera escuchado.

Alicia le hizo un gesto a Álvaro y se fueron los dos a desandar el camino que llevaban recorrido. Iban contando los espacios que había entre cada dos filas de columnas, hasta llegar al lugar por el que creían que habían entrado. Miraron a su alrededor y Álvaro se agachó para coger una piedra del suelo. Con ella hizo un aspa en la primera columna. Alicia se acercó a él, cogió la piedra y le dijo:

—De acuerdo, ésta es la columna que quedaba a nuestra derecha cuando entramos. Te lo digo porque lo mejor será que los dos conozcamos el significado de las marcas, si no, después habrá discusiones. Ahora vamos a marcar con una flecha la dirección en la que comenzamos a caminar.

—Entonces espera —habló Álvaro. Lo hacía en voz muy baja, como habían estado hablando todos desde que llegaron a aquel lugar, lo que resultaba un poco absurdo porque no se veía a nadie que pudiera escucharlos. Ni siquiera estaban seguros de encontrarse en un lugar habitado—. Hagamos otra flecha en dirección contraria en esta columna, por si esa se borra o resulta que alguien viene por el otro lado.

—Tienes razón, marcaremos todas las columnas por las que vayamos pasando con una flecha que indique la dirección que viene a dar aquí.

Cuando les pareció que todo quedaba bien señalizado, regresaron a donde habían dejado a sus amigos. Allí continuaban todos esperándolos.

—Cuánto habéis tardado —les dijo Aida—. Ya estaba empezando a preocuparme.

Alicia se puso otra vez a la cabeza del grupo y les hizo señal de que la siguieran. Reemprendieron aquella marcha que no sabían a dónde los llevaría. La muchacha decidió caminar en dirección a la imponente torre que parecía presidir la extraña distribución del lugar.

La Torre debía tener unas dimensiones mucho mayores de las que se podía suponer con la simple contemplación del cuadro, ya que estaba muy lejos y se veía perfectamente. Cuando penetraron en el lugar estaba amaneciendo y la temperatura era agradable. Ahora empezaba a apretar el calor y todos notaron los efectos de la temperatura, pero de manera especial Pumariño, que jadeaba a cada paso. También la luz se había incrementado y hacía aquel paisaje de color arenoso más hiriente para los ojos.

A medida que avanzaban, también iban percibiendo algunos sonidos muy débiles. Parecía un sutil murmullo de voces humanas, pero no se podría asegurar que lo fuera. Alicia y Álvaro se afanaban marcando todas las columnas por las que pasaban, en un trabajo incansable que los hacía correr sin tregua de pilar en pilar.

—Me parece bien lo que estáis haciendo —les comentó Alba—, pero marcáis tantas flechas que no sé si no será un trabajo inútil.

—¿Sí? Pues dinos tú cómo hay que hacerlo, anda, dínoslo.

Alba se quedó callada un momento, avergonzada de haberles criticado lo que les estaba costando tanto esfuerzo. Después dijo:

—No lo sé. No se me ocurre otra manera, pero a mí me parecen demasiadas flechas para que nos podamos aclarar después.

Álvaro se detuvo y miró hacia atrás. Todas las columnas que podía ver desde donde se encontraba tenían una flecha. Movió la cabeza con gesto de duda, miró a Alicia y finalmente le hizo una señal para que continuase trazando flechas.

Tardaron un buen rato en llegar al final del laberinto. Frente a ellos, todavía a mucha distancia, estaba la Torre. Lo que los separaba de ella era un valle profundo, casi todo ocupado por lo que parecían ser las edificaciones y otros elementos de un pueblo o de una pequeña ciudad. Los alrededores estaban llenos de campos de cultivo y de invernaderos, pero también se veían las construcciones propias de las explotaciones mineras. El laberinto parecía rodearlo todo, en disposición defensiva.

Era una ciudad viva, no una ciudad pintada, porque, aunque todavía estaban muy lejos de ella, podían apreciar el movimiento de la gente y de los vehículos. En su parte central, sobre una extraña colina, se erguía la Torre dominando todo cuanto desde allí se divisaba.

Los chicos, que llevaban un buen rato contemplando la ciudad desde el extremo del laberinto de las columnas, se miraron los unos a los otros con una mirada que era una interrogación sobre qué debían hacer: seguir adelante y bajar a la ciudad o dar la vuelta y regresar a la salida del cuadro. Pumariño ya había dado unos pasos hacia abajo y los observaba desde allí, con el torso vuelto hacia ellos, la mano derecha apoyada en la rodilla del mismo lado y con la sonrisa, de nuevo recuperada, en su cara de bollo de pan.

—¿Bajamos? —preguntó Ángel.

—Bajamos —dijo muy resuelta Aida, lo que sorprendió a sus amigos, que la miraron extrañados.

—Eso que hay ahí abajo es una ciudad, ¿no? —continuó Aida—. Pues vamos a verla. Si no he dicho nada con el miedo que pasé viniendo por el medio de todo eso —señalaba hacia atrás, hacia el interior del laberinto—, ahora no creo que nos vaya a pasar nada si damos un paseo por esa ciudad.

—Tienes razón, Aida —secundó Alba—. Si hemos llegado hasta aquí, ahora vamos a visitar la ciudad, y también esa Torre, que cuando yo voy de viaje con mis padres siempre visitamos los castillos que hay en las ciudades. Así que adelante, Pumariño, que vamos a hacer turismo.

Todos se rieron por primera vez desde que estaban dentro de la pintura. Intercambiaron palmadas de ánimo y complicidad y comenzaron a bajar.

Aunque el fondo del valle parecía fértil y frondoso, en lo alto el terreno continuaba siendo árido, lleno de piedras y de vegetación raquítica. No había camino y tenían que andar por encima de las piedras, que se desprendían con facilidad y rodaban cuesta abajo. Las irregularidades del terreno les hacían caerse con frecuencia, por lo que avanzaban ayudándose los unos a los otros casi todo el tiempo. Solo Pumariño parecía desenvolverse bien por allí, con lo que enseguida les sacó mucha ventaja. Cuando al mirar hacia atrás observaba que así sucedía, se paraba un poco para esperar a los muchachos.

7

LA GENTE SIN ALAS

Tardaron un buen rato en descender la cuesta y llegar al terreno llano, a lo que parecían ser las afueras de la ciudad. Delante de ellos, a cierta distancia, inmensos campos de labor llenos de gente que trabajaba duro sin levantar la cabeza, y grandes invernaderos de plástico. Siguieron andando y no tardaron en acercárseles dos hombres vestidos de manera muy semejante a la policía o a los guardias de seguridad: uniforme azul, porra y grandes pistolones al cinto. Eran dos tipos altos y con aspecto de ser muy fuertes.

—¿A dónde van ustedes? —preguntó uno de ellos dirigiéndose a Pumariño, que se volvió hacia los muchachos en petición de ayuda. La violencia que adivinó en el tono del guardia había hecho que su rostro se pusiera pálido y en sus ojos se reflejaba el miedo que le producían aquellos hombres.

Alicia se puso delante de Pumariño, muy cerca de él, como protegiéndolo.

—Vamos a la ciudad. No somos de aquí y queremos conocerla —habló la niña dirigiéndose al guardia que tenía más cerca.

—No he hablado contigo. Le he preguntado a este hombre. Así que hazte a un lado y que me responda él.

El guardia hizo ademán de separar a Alicia. Le puso una mano en el hombro e intentó empujarla hacia un lado, pero ella afirmó bien los dos pies en el suelo y no se movió.

—Espere. Espere, es que él...

—No tengo nada que esperar. Te he preguntado a dónde vas —volvía a dirigirse al hombre y ahora, además de tutearlo, le gritaba.

Pumariño, que tenía las manos apoyadas en los hombros de la muchacha, apretó hasta que casi le hizo daño.

—Deje que yo le explique —decía Alicia en un tono de voz alto que, aunque tenía algo de súplica, era más bien de rebeldía por la actitud del guardia, que apuntaba a Pumariño con un dedo extendiendo el brazo—, este hombre no habla. Yo le puedo explicar todo lo que quiera, pero déjelo a él y no le grite, que se asusta mucho.

El guardia bajó la mirada hacia la muchacha, como si solo en ese preciso instante acabara de darse cuenta de su presencia.

—Verá —comenzó a explicarle Alicia—, nosotros hemos llegado hasta aquí dando un paseo; desde lo alto vimos la ciudad y decidimos bajar a visitarla. Somos gente pacífica que solo desea conocer el lugar.

—Aquí nadie llega paseando. Esto está alejado de cualquier camino —dijo el otro guardia, que hasta ese momento había permanecido un poco más atrás—, y por aquí no se va a ninguna parte. ¿De dónde venís vosotros?

—Somos todos de Eiravella.

—¿Y eso dónde está? —volvió a hablar el guardia que estaba junto a los chicos.

—Muy cerca de aquí —dijo Ángel desde detrás de Pumariño, asomando solo la cabeza por un lado del cuerpo del hombre.

—Pues yo no conozco ese lugar, ¿y tú? —el guardia de delante se dirigía a su compañero volviendo un poco la cabeza, pero no lo suficiente como para perder de vista a los recién llegados.

—Yo tampoco. Así que a ver si nos aclaramos. Aunque yo nunca he salido de mi ciudad, sé que en muchas leguas no hay ninguna otra. Si habéis venido dando un paseo tiene que haber sido muy largo, de muchos días, ¿dónde están vuestras cosas?

Ángel iba a señalar las pequeñas mochilas que Alba y Álvaro todavía llevaban a la espalda, los otros habían dejado las suyas en la casa de los cuadros, pero el propio Álvaro le detuvo el gesto y dijo:

—Las hemos dejado allá atrás, donde comienza el laberinto.

—¿Qué laberinto? —preguntó uno de los guardias.

—Debe referirse a las defensas —le explicó su compañero—. Bien, vamos a ver qué hacemos con vosotros. En primer lugar, voy a tomar nota de vuestros nombres y direcciones —sacó del bolsillo de la camisa un cuaderno y un lápiz—. A ver, comencemos por el de más edad, y ya que él no habla, dime tú, ¿cómo se llama?

—Pumariño —respondió Alicia.

—¿Pumariño y qué más?

Solo entonces se dio cuenta Alicia de que no le conocía otro nombre más que aquel Pumariño, que era como lo llamaban todos y que a lo mejor ni siquiera era su propio apellido, sino un apodo o el nombre de su casa. Pero la niña no se arredró por aquella pequeña dificultad.

—Germán Pumariño Seivane —dijo, dándole al hombre el nombre de su abuelo y su propio apellido, con lo que lo convirtió en primo suyo.

—¿Domicilio?

Alicia continuó inventando todos los datos que le pedían y dándole a Pumariño una filiación completa. Lo hizo sin titubear, excepto con la fecha de nacimiento, para la que necesitó hacer mentalmente una rápida resta, después de calcular que Pumariño tendría algo menos de setenta años.

Los otros chicos, que sabían perfectamente que su amiga estaba inventando todo lo que decía, no hicieron ningún gesto que pudiera delatarla. Pero les costó algo más dominarse cuando Alicia empezó a dar sus propios datos, que también eran falsos, con excepción del nombre de pila.

—A ver, otro —dijo el guardia.

—Yo —se adelantó Álvaro, que, como había hecho Alicia, le dio al guardia los datos que le iba dictando su imaginación.

Los otros tres hicieron lo propio sin manifestar

la más mínima duda o titubeo. El guardia iba apuntando aquellos datos como si fueran ciertos, así que, cuando terminó, se puso a repetirlos en voz alta y los chicos, que habían tenido la astucia de no cambiar los nombres de pila, iban identificándose al oír que el hombre los llamaba.

—Muy bien. Pues ahora podéis ir a visitar la ciudad, que no se diga que aquí no somos hospitalarios. Pero prestad atención a estas normas, porque, si no las cumplís, podéis tener muy serios problemas conmigo. Primero, atravesaremos los campos en los que la gente está trabajando sin que os paréis a hablar con nadie, nosotros os acompañaremos en ese trayecto. Está prohibido hablar con los trabajadores, tanto si están trabajando como si encontráis a alguno por la ciudad. Segundo, no está permitido acercarse a menos de cien metros de la Torre. Podrá pareceros que no hay vigilancia pero, si os atrevéis a pasar la línea granate, os daréis cuenta de que sí la hay, y entonces ya será demasiado tarde para vosotros. Y tercero, no está permitido hacer fotografías de ningún lugar, ni siquiera en los domicilios particulares. ¿Ha quedado todo bien claro?

Los chicos se miraron unos a otros mientras hacían con la cabeza claros movimientos de afirmación.

—Pues a continuación de las normas vienen los consejos. No os demoréis mucho en ver la ciudad, que es pequeña y se ve enseguida. No habléis con nadie que os sea desconocido, esta es una ciudad muy peligrosa, cualquier persona puede ser un ladrón o un asesino, así que, lo mejor es que tengáis mucho cuidado. Cuando os queráis marchar, tendréis que ir a un cuartel de los guardias, fijaos bien en este distintivo —el hombre señalaba una chapa sobre el bolsillo izquierdo de su camisa en la que se veía un águila que llevaba un cordero en sus garras— no vayáis a una comisaría, y preguntad por mí, que soy el guardia 123, un número fácil de recordar. Yo os acompañaré de vuelta hasta aquí, después continuaréis solos, ya que a nosotros no nos está permitido ir más adelante.

Esta vez el guardia no les preguntó si habían entendido, solo hizo un gesto que indicaba que debían emprender el camino. Echó a andar y, con Alicia delante y Álvaro cerrando la fila, fueron todos detrás de él.

Pasaron por los campos donde miles y miles de hombres y mujeres de todas las edades, porque también había niños y viejos, doblados sobre la tierra, trabajaban duramente sin levantar la cabeza para nada que no fuera la labor que estaban haciendo. Un poco alejadas estaban las minas en las que se veía un continuo ir y venir de gente parecida a la de los campos.

—¿Qué está haciendo toda esta gente? —le preguntó Alicia al guardia, que ahora caminaba a su lado.

—Son trabajadores que están trabajando —Alicia sonrió al escuchar la frase—, pero ya te he dicho que es mejor que hagáis las menos preguntas posibles.

Los campos eran inmensos, se extendían a ambos lados del estrecho sendero por el que ellos caminaban y que terminó en un camino asfaltado. Allí esperaron un rato a que llegasen varias furgonetas que pararon un poco más adelante de donde ellos estaban. De los vehículos empezaron a bajar hombres y mujeres. Aquello parecía increíble, porque de cada furgoneta, con capacidad para siete u ocho personas bien apretadas, bajaban no menos de veinte. Eran de todas las edades y tenían la piel de un color difícil de definir, pero al que más se parecía era al azul. En unos segundos, aquel enjambre de gente desapareció por los senderos que cruzaban los campos, y las furgonetas se fueron. Pumariño y los muchachos, siempre acompañados por los guardias, atravesaron el camino y siguieron andando por el sendero.

—¿Falta mucho? —le preguntó Alba al guardia que iba detrás, que se encogió de hombros y no respondió. El que iba delante volvió la cabeza y tampoco dijo nada.

—Mi amiga ha preguntado si falta mucho —le dijo Alicia al guardia que caminaba a su lado, en un tono de voz que indicaba claramente un reproche por no haber contestado a Alba.

—He oído perfectamente —respondió el guardia muy seco y aflojó un poco la marcha que traía hasta entonces y que a los chicos les resultaba difícil seguir, por lo que iban alternando el andar con pequeñas carreritas para no quedarse rezagados.

Empezaban a aparecer en los muchachos los primeros síntomas de agotamiento producidos por la larga caminata, a la que había que añadir un sol ya muy alto que calentaba con fuerza, cuando llegaron a un nuevo camino en el que se detuvieron. Era un poco más ancho que los que habían ido cruzando y en él estaba estacionada una furgoneta distinta de las anteriores. Tenía el águila con el cordero pintada en las puertas. Caminaron hacia ella. Al llegar, uno de los guardias abrió la puerta trasera y los invitó a subir. Los muchachos se apresuraron a entrar y sentarse, que era lo que más deseaban, tal era el cansancio que sentían. A Pumariño, que se resistió un poco, los guardias lo empujaron para meterlo dentro. Todo el camino había mostrado cara de profunda preocupación, mirando continuamente a su alrededor y sin dejar ni un solo momento de mantener un ligero contacto físico con Alicia, unas veces cogiéndola de la mano y otras tocándole apenas la ropa, como temeroso de perder su protección.

Cuando todos estuvieron dentro, los guardias se subieron delante y arrancaron. Circularon unos kilómetros por aquel camino hasta llegar a otro perpendicular en el que se metieron. En ese momento Álvaro le dio en el codo a Alicia e hizo como si dibujara en la palma de su mano un plano del lugar que estaban atravesando. Hacía líneas imaginarias que representaban los caminos. Alicia y los otros muchachos comprendieron que estaba memorizando la ruta, por eso les indicaba que había una red de caminos que se cruzaban.

Siguieron un buen rato circulando entre los campos y alejándose cada vez más de las minas. Continuamente cambiaban de dirección y, cada vez que lo hacían, Álvaro se volvía en su asiento para mirar por las ventanillas del automóvil buscando la posición del sol; cuando la localizaba, cerraba los ojos un segundo, como para interiorizar bien la dirección en la que se movían.

Llegaron por fin a la ciudad y los guardias se metieron por las calles hasta lo que parecía ser el centro. Allí pararon delante de un edificio que tenía el águila en su fachada. Bajaron los guardias por las dos puertas de delante y se dirigieron a abrir la puerta trasera, por la que se apearon los chicos y Pumariño.

—Escucha, tú que pareces ser la que habla por todos —dijo el guardia dirigiéndose a Alicia—, ya estáis en la ciudad; tenéis el resto del día para ver todo lo que queráis. Si al ponerse el sol no os presentáis en el cuartel, yo mismo iré a buscaros, pero ya no será para acompañaros a la salida sino para llevaros a otro sitio que no os va a gustar tanto. ¿Entendido?

Alicia no respondió, simplemente continuó con sus ojos fijos en los del guardia, sosteniéndole la mirada con firmeza. No quería por nada del mundo que pensase que tenía miedo, aunque lo cierto era que estaba bastante asustada.

—Pues venga, arreando de aquí.

Los dos hombres volvieron a entrar en la furgoneta y se marcharon calle adelante. Los chicos se miraron entre sí como preguntándose los unos a los otros lo que harían a continuación.

—¿Qué hora es? Mi reloj está parado —dijo Ángel.

—El mío también —comentó Aida consultando el suyo.

—Todos están parados —comentó Alicia—. ¿Os habéis olvidado de que estamos dentro de un cuadro?

Efectivamente, nadie recordaba ya que habían entrado en la pintura de la ciudad de la Torre. Todo aquello que les había pasado era tan real como lo que vivían un día cualquiera en Eiravella, aunque era una realidad distinta, nueva, creada por el hombre o la mujer que había pintado el cuadro.

—Bueno, ¿y ahora qué hacemos? —preguntó Aida, que parecía que había perdido todos sus temores—. ¿Hacia dónde vamos?

—Nos da igual ir hacia un lado o hacia otro. No sabemos dónde estamos ni a dónde dirigirnos. Así que vamos por ahí —Alba señalaba uno de los sentidos de la calle en la que se encontraban.

—Escuchad un momento antes de nada —dijo Álvaro interrumpiendo el impulso de iniciar la marcha—. Hemos llegado hasta aquí dando muchas vueltas, con continuos cambios de dirección y de sentido, yo creo que era para despistarnos o para que no viésemos algunas cosas que ellos no quieren que conozcamos. Pero, en línea recta, hemos venido siempre en dirección nordeste-suroeste, por lo tanto para salir de aquí...

—Tenemos que ir en esa misma dirección —le cortó Ángel.

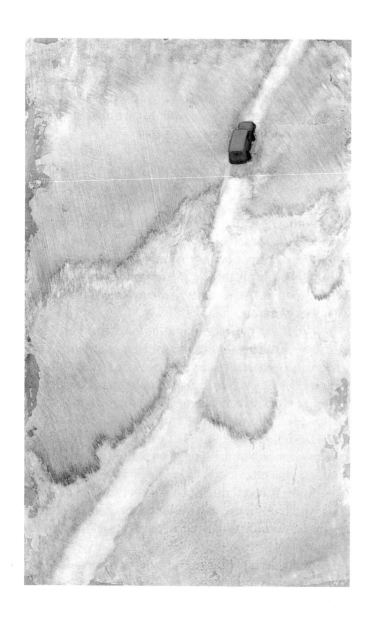

—No, Ángel. No te precipites. Tenemos que ir en dirección contraria.

—Suroeste-nordeste —dijo Alba.

—Bueno, más o menos. Lo que tenemos que hacer es ir hacia el nordeste, que es por allí por donde hemos entrado en el cuadro.

—Pero, ¿no nos van a llevar los guardias? Ellos ya sabrán por donde tienen que ir —habló Aida.

—Yo no me fío de los guardias, ¿y vosotros? —preguntó Alicia.

—Nada de nada —respondió Ángel adelantándose a los demás.

—A mí tampoco me gustan —dijo Alba—, pero han dicho que si no nos presentamos en el cuartel nos buscarán. Así que será mejor que hagamos lo que ellos quieren.

—Escucha —Alicia le hablaba a Alba pero dirigiéndose a todos—, de aquí saldremos nosotros solos, y si no volvemos a ver a esos guardias, mucho mejor. No sé por qué, pero estoy segura de que eso es lo que más nos conviene. Ahora vamos a dar una vuelta por la ciudad y a ver la Torre.

—De lejos, ¿no? —les avisó Ángel recordando las advertencias de los guardias sobre la prohibición de acercarse allí.

—Lo más cerca que podamos —dijo Aida echando a andar y sorprendiendo a todos con su actitud decidida, desconocida hasta aquel momento por sus amigos.

A pesar de que ya era cerca del mediodía, no había mucha gente por las calles. Los pocos transeúntes que se veían caminaban con paso ligero, como el que va a hacer un trabajo o un recado. Excepto ellos, nadie parecía ir de paseo.

En un cruce había un guardia que vigilaba el tráfico. Vestía de manera diferente a aquellos del águila en el pecho que los habían traído a la ciudad. Este llevaba uniforme azul y gorra de plato. Parecía un policía normal, como los que había en Eiravella. Se acercaron a él y Álvaro le preguntó dónde podían enterarse de cuáles eran los lugares más interesantes para visitar en la ciudad. El propio guardia les indicó lo que debían ver, que era poco: una iglesia visigótica, un castillo del que solo quedaban en pie los muros exteriores y la Torre. Sobre esta también él les advirtió de la prohibición de acercarse, porque era privada y no estaba permitido visitarla.

Primero fueron a ver la iglesia visigótica, que les costó mucho encontrar porque en realidad sobre ella habían construido otra y solo en el interior, por la parte de atrás del presbiterio, se conservaban algunos restos de la primitiva.

Lo que más les sorprendió fue el castillo. Efectivamente, de él se conservaban los muros exteriores. Un camino que circulaba por donde en algún tiempo había estado el foso les permitió entrar a ver que allí habían construido un campo de fútbol. Con su césped, sus porterías, sus banderas de córner y unas gradas en uno de los laterales. Tenía de todo menos sentido común.

Se dirigieron a la Torre y, a medida que se acercaban a ella, por todas partes pudieron ver avisos prohibiendo pasar de las marcas que limitaban el acceso. Los letreros insistían una y otra vez en el carácter privado de la propiedad.

La visión de la Torre produjo en Pumariño un efecto extraño que una y otra vez lo incitaba a traspasar las líneas que limitaban el paso, lo que propició que un guardia de los del águila lo mandase retroceder en varias ocasiones. Los chicos también tiraban de él cuando insistía en acercarse, pero no les resultaba fácil retenerlo. En sus ojos había aparecido una mirada anhelante que produjo en Alicia una gran inquietud.

—¿Qué te pasa, hombre? —le decía—. También a mí me gustaría verla desde más cerca, pero tienes que tranquilizarte. Ya buscaremos la manera de acercarnos más, pero ahora ya ves que si pasamos de la línea nos van a detener los guardias y no conseguiremos nada. Venga, tranquilízate. Anda, vamos a dar otra vuelta, que ya falta poco para que anochezca.

Así era. Habían dado un gran paseo por la ciudad y llegaron las últimas horas del día sin percatarse de ello.

—¿Os dais cuenta de que todavía no hemos comido? —les comentó Ángel, sorprendido.

—Es verdad —habló Aida—. Pero yo no siento hambre. Parece que todavía tengo aquí el desayuno —señalaba su propia garganta.

—Y así es, porque si miras el reloj te darás cuenta de que son las once de la mañana —dijo Álvaro—. Para nosotros no ha pasado el tiempo. Podemos estar aquí días y días y no tendremos hambre ni sueño. Siempre estaremos en las once de la mañana, y solo hace un rato que hemos desayunado en nuestras casas.

—¡Caray! A mi padre sí que le gustaría este sitio, siempre tendría treinta y ocho años y se le pasaría ese miedo tan grande que tiene a cumplir los cuarenta —dijo Alba riéndose.

—Pues al mío no —añadió Ángel—, con lo que le gusta comer, no creo que le hiciera gracia estar siempre sin hambre.

Rodearon el perímetro de la línea que limitaba el acceso a la construcción y caminaron dejando la Torre a sus espaldas. Pumariño había avanzado los primeros metros casi arrastrado, con la cabeza vuelta hacia atrás y los ojos fijos en las paredes de la Torre. Poco a poco se fue calmando, aunque todavía se le notaba ensimismado y no prestaba atención a la conversación de los chicos.

Caminaban sin rumbo fijo, por las calles que les parecían más transitadas. A la caída de la tarde empezaron a verse los trabajadores que regresaban de los campos y de las minas. Pasaban a su lado cansados, caminando despacio y con la mirada baja. Aunque casi ninguno iba solo, apenas hablaban entre sí. Solo andaban, arrastrando los pies, vencidos por el cansancio.

Se diferenciaban de los otros ciudadanos sobre todo por esa actitud de cansancio y agotamiento, aunque la mayoría de los trabajadores de los campos mostraba aquel color azulado en la piel, y los mineros la tenían mucho más blanca que los otros habitantes de la ciudad. Nadie les hablaba y se separaban de ellos cuando se los cruzaban, evitando el más pequeño roce, incluso de las ropas.

—¿Por qué estará prohibido hablar con ellos? —preguntó Alicia sin dirigirse a nadie, como si el interrogante estuviera dentro de sí y le hubiera salido sin pensarlo—. Pues a mí me gustaría hablarles. Saber quiénes son, de dónde vienen, qué hacen... Todo.

—A ti sí, mujer. A ti sí. Basta que te lo hayan prohibido para que sea lo primero que te apetezca hacer.

—Pues a mí también me apetece —dijo Aida sumándose a la idea que había expresado Alicia, lo que volvió a producir sorpresa en todos al escuchar esta nueva muestra de osadía.

—Allí hay unos chicos. Voy a hablar con ellos —no había acabado de decir Alicia estas palabras y ya se dirigía hacia dos muchachas y un chico que estaban sentados en el umbral de una puerta, dejando a sus amigos parados en medio de la acera. Aida sonreía con complicidad. Alba abrió la boca como pasmada. Ángel y Álvaro miraban a su alrededor por si alguien observaba que su amiga hacía algo que estaba prohibido.

Alicia se dirigió hacia los tres chicos, que parecían más o menos de su misma edad. Eran un muchacho y dos chicas. Hablaban entre ellos en una lengua que Alicia comprendía, pero que no solía emplear. Cuando estuvo delante de ellos, los tres se callaron y la miraron desde abajo.

—¿Podéis entender mi idioma?

Los chicos se miraron entre sí y después miraron a su alrededor, como comprobando si había alguien que los pudiera ver.

—Lo entendemos —dijo una de las chicas con un fuerte acento del habla de ultramar del otro idioma—. Pero tú no debes hablar con nosotros, te pueden castigar.

—Ya me lo han advertido, pero ¿por qué?

La muchacha que había hablado antes comentó algo en voz baja con los otros dos. Después se levantó y se acercó a Alicia. Era un poquito más alta. El pelo largo, ondulado, negro y brillante como el ala de un cuervo y unos ojos también intensamente negros, le daban una hermosura que Alicia nunca había visto antes.

—Tampoco nosotros sabemos por qué, pero también nos castigan los guardias si nos ven hablando con vosotros.

—Vamos a hacer una cosa. Mientras tú y yo hablamos, tus amigos y los míos vigilan y si viene algún guardia nos avisan.

La niña del pelo negro volvió a consultar con sus compañeros, y debieron llegar a un acuerdo porque se separaron en distintas direcciones, parándose un poco más adelante.

Alicia se dio la vuelta pensando que sus amigos estarían donde los había dejado, pero ya estaban justo detrás de ella y habían oído todo lo que las dos chicas hablaron. Así que también se dispersaron, tomando cada uno una posición desde la que podía observar quién se les acercaba.

La niña se sentó otra vez en el umbral de la puerta e invitó a Alicia a que hiciera lo mismo.

—¿Cómo te llamas? —empezó Alicia.

—Lucrecia, ¿y tú?

—Yo me llamo Alicia. Mis amigos son Álvaro, aquel más alto de pelo rubio —fue señalando a cada uno y diciendo sus nombres—... El hombre es Pumariño. No habla, pero es muy bueno.

—Mis amigos son Melisa y Donald.

—Antes te pregunté por qué hay personas con las que está prohibido hablar. Es algo que no puedo entender por más que lo pienso.

—Ya te he dicho que yo tampoco sé por qué, pero nos han avisado mucho de que los trabajadores y sus familias no podemos hablar con los otros hombres y las mujeres de la ciudad.

—¿Y qué pasa si os pillan hablando conmigo, por ejemplo?

—Pues que nos expulsan y tenemos que regresar a nuestro país. Y eso es algo muy malo, porque nos ha costado mucho llegar aquí. Muchos de los que lo intentan mueren en el camino.

—¿Y por qué no queréis vivir en vuestro país?

—Nosotros queremos vivir precisamente en nuestro país. Allí están todas las personas a las que queremos. Pero antes tenemos que recuperar las alas.

—¿Las alas?

—Claro, nosotros pertenecemos a la gente que tuvo alas y les fueron arrebatadas. Hace muchos años volábamos en libertad, pero un día llegaron unos hombres que, poco a poco, nos las fueron arrancando.

Alicia estaba perpleja con lo que la niña le contaba. Era la primera vez que oía aquello de gente con alas.

—Tuvimos que venirnos aquí porque este es el lugar del que procedían los que nos dejaron sin la capacidad de volar —continuó la niña de los ojos negros—. Por lo tanto, es aquí el lugar donde están nuestras alas, ellos son los que las tienen. Tenemos que encontrarlas y regresar.

—¿Y dónde tienen guardadas vuestras alas?

—No lo sé. Suponemos que en la Torre, pero no lo sabemos con certeza.

—Pues entonces lo que tenéis que hacer es averiguarlo y después, si están allí, asaltáis la Torre y las cogéis. Vosotros sois muchos más que los guardias.

—Sí. Mi padre dice que tendrá que ser así, pero que todavía no estamos preparados.

Había ido cayendo la noche y por la puerta que estaba al lado del umbral en el que se sentaban las dos chicas, salió un hombre que llamó a Lucrecia. Alicia pudo escuchar que le reñía por estar hablando con ella. La muchacha llamó a sus amigos y todos entraron en el local del que había salido el hombre, y que era una taberna.

Los amigos de Alicia, que habían observado todo desde sus lugares de vigilancia, se acercaron, y ella les contó lo que le acababa de explicar Lucrecia.

—Entonces es que están presos —dijo Ángel, asustado por la idea de que a ellos les pudiera pasar lo mismo.

—No exactamente —le explicó Alicia—, porque pueden irse cuando quieran, que para hacer el trabajo ya vendrán otros. Por lo visto lo que más abunda en el mundo es gente sin alas. Pero tienen que quedarse aquí si quieren recuperar la capacidad de volar libremente en su país.

Con la noche también había descendido la temperatura y hacía fresquito. Los chicos no iban muy abrigados y se encogían frotándose los brazos. Álvaro dijo que, si estaba decidido que no se entregarían a los guardias del águila para que los sacaran de la ciudad, entonces deberían buscar un lugar donde refugiarse. Alicia, interpretando que el hombre que salió de la taberna era el padre de Lucrecia, llegó a la conclusión de que debía ser buena persona, así que les propuso entrar y pedirle que les dejase permanecer allí hasta el amanecer. Aceptaron todos y se metieron dentro.

8

LA TORRE

No pasó inadvertida su entrada para la gente que estaba en el local. Habría allí como una docena de personas de las que la mayoría eran trabajadores de los campos y de las minas, solo dos hombres que hablaban en una mesa se diría que eran ciudadanos. Tanto unos como otros miraron a las seis personas que acababan de entrar en la taberna, por lo que el ruido que había en el interior fue decreciendo hasta que se hizo el silencio en medio de aquel ambiente lleno de humo y con un fuerte olor acre.

—¡Pumariño! —gritó alguien que los chicos no pudieron identificar en ese momento.

—¡Pumariño! ¿Qué haces tú aquí? —ahora sí que se dieron cuenta de quién hablaba. Era uno de los hombres que no parecían trabajadores, y que estaban sentados juntos en una mesa al otro lado del local.

El hombre se había levantado de su asiento y hablaba en voz alta sin acercarse. Era un hombretón, ya mayor sin llegar a ser anciano, con el pelo y la abundante barba casi completamente blancos.

Pumariño no conseguía localizar de dónde procedía la voz que decía su nombre, y giraba la cabeza en todas direcciones buscando a la persona que lo había reconocido en aquel mundo en el que nunca antes había estado. Fue Alicia la que, sacudiéndolo por un manga del mono, llamó su atención para indicarle el lugar desde el que lo llamaban.

Vio al hombre barbado y palideció ligeramente. Incluso Alicia, que seguía agarrándolo por una manga, creyó notar que le flojeaban un poco las piernas. Pero en seguida recuperó su sonrisa y echó a andar hacia aquel individuo, que parecía imponente, con los brazos abiertos y con un bastón que colgaba de su mano derecha, para fundirse ambos en un gran abrazo.

Los chicos habían seguido al hombre hasta el fondo de la taberna y permanecían algo apartados contemplando aquella nueva sorpresa que les daba Pumariño: que tuviera un amigo en aquel lugar que, a fin de cuentas, era el interior de un cuadro, no una ciudad que figurase en los mapas o en los indicadores de las carreteras.

Cuando se desprendieron del abrazo, el hombretón dio un paso hacia atrás como para contemplar bien al recién llegado. Mantenía su mano izquierda sobre el hombro de Pumariño y lo miraba de arriba abajo, con un rostro amable y cariñoso. Había en los ojos de ambos una emoción especial, como cuando se encuentran dos amigos que no se han visto en mucho tiempo e incluso han perdido ya la esperanza de volver a encontrarse.

Por fin el hombre grande se percató de la presencia de los chicos que seguían unos pasos más atrás. Pero pronto pareció olvidarlos y fijó sus ojos azules, un poco velados por la edad, en su amigo.

—Así que, a pesar de lo mucho que te advertí para que no lo hicieras, has entrado en este cuadro, ¿eh?

Pumariño le respondió con un gesto afirmativo al que siguió otro con el que, encogiéndose de hombros, abriendo mucho los brazos y mirando al techo, parecía indicar que había sido inevitable. Que precisamente las advertencias solo habían servido para aumentar sus deseos de entrar.

—Y además no has venido solo. ¿Quiénes son estos?

Alicia se adelantó unos pasos y se puso delante de aquel corpachón que la empequeñecía de tal manera que casi tenía que echarse hacia atrás para poder mirarlo a los ojos.

—Los cinco somos amigos de Pumariño —dijo—. Somos de Eiravella, como él. Yo soy Alicia y estos son Álvaro, Aida, Alba y Ángel —los iba señalando sin volverse completamente—. Y usted es el pintor, ¿verdad?

El hombre miró a Pumariño sorprendido de que Alicia lo hubiera reconocido pero, como este continuaba con su sonrisa inocente, volvió sus ojos a Alicia.

—Eres una chica lista. Es cierto, yo soy el pintor. Me llamo Duarte.

—No era difícil adivinarlo —añadió la niña—, solo nosotros y ustedes dos conocemos el secreto de la entrada en los cuadros.

—Sí, pero yo creía que solo lo conocíamos Pumariño y yo —se notaba que no era de su agrado que otras personas estuvieran enteradas de aquello.

—O sea que el pintor desaparecido estaba en el interior de este cuadro —habló Álvaro—. ¿Y hace mucho tiempo que está aquí?

—Si vamos a hablar de esas cosas será mejor que nos sentemos —dijo el pintor dejándose caer en la silla en la que estaba cuando Pumariño y los chicos entraron en el local. A continuación, y sin moverse del sitio, empezó a arrastrar sillas y taburetes que iba colocando alrededor de la mesa. El hombre con el que había estado hablando ya se había retirado.

Cuando todos estuvieron sentados, Duarte empezó a hablar dirigiéndose a Álvaro:

—Me preguntabas si hace mucho tiempo que estoy aquí. No es algo fácil de responder.

—Claro, aquí para nosotros no pasa el tiempo —intervino Aida.

—No es por eso, que para mí vaya si pasa, supongo que será por la actitud con la que cada uno entra aquí. Vosotros habéis entrado por curiosidad. Supongo que ha sido como un juego que os propuso Pumariño, ¿verdad?

Los chicos asintieron no muy convencidos, porque solo al principio les había parecido un juego, ahora consideraban su estancia en el interior del cuadro como algo diferente. Como una forma distinta de ver la realidad, una realidad nueva. Y eso ya no era un juego.

—Yo, como todos los artistas para los que su arte es lo único que importa, estoy siempre dentro de mis cuadros. No se puede ser pintor de otra manera. No sé si me entendéis.

—No.

—Verás, no es difícil —el pintor se dirigía a Ángel, que era el que había hablado—. Lo que yo quiero decir es que, cuando una cosa es muy importante para ti, no puedes pensar en nada más. Vives solo para hacer esa cosa. Siempre estás buscando la manera de hacerla mejor.

—¿Como una obsesión? —intervino Alba.

—Algo muy parecido, pero no es exactamente una obsesión. Es el motivo, la razón de tu vida. Todo lo demás, los halagos, el dinero, la fama, carece de importancia, porque lo único que te interesa es la obra de arte. La belleza que persigues a través de tu trabajo. ¿Lo entendéis ahora?

—No sé. ¿Quieres decir que no te interesa ser rico y famoso? —dijo Alicia, tuteando al hombre por primera vez, como si ya formase parte del grupo.

—Nada en absoluto. No solo no me interesa, sino que me estorba y me molesta. Yo solo quiero pintar un cuadro que sea verdaderamente hermoso.

—¿Y este en el que estamos es hermoso? Porque no me parece que lo sea —intervino Alba—. O por lo menos a mí no me está gustando.

El pintor permaneció un momento en silencio y con la mirada perdida por encima de las cabezas de los chicos, como absorto en un pensamiento triste.

—A mí tampoco —confesó por fin.

—¿Y entonces, por qué lo pintaste y después has entrado en él? —preguntó Alicia.

—Yo pensaba que podía gustarme. Es un cuadro sin terminar. Como todos los míos.

—Pues a mí no me lo parecieron —dijo Álvaro.

—Que a ti, y a todos, os lo parezca, no quiere decir que estén terminados. Solo significa que los dejé así. Que abandoné. Pero este aún no lo había abandonado, lo que ocurría era que no sabía cómo continuar. Yo quería hacer un cuadro que hablase del futuro que nos aguarda, porque, no sé si os habréis dado cuenta de que estamos en el futuro, un futuro no muy lejano, pero esto que sucede aquí solo está empezando a vislumbrarse en el otro lado del cuadro.

—¡Caray! —le cortó Alicia—. Pues después de ver a esos trabajadores que viven como esclavos, sin poder ni siquiera hablar con quien quieran, no me parece muy adecuado eso que tú dices de la belleza. Más bien es como si hubieras querido pintar lo más feo.

—¡Hay que ver los chicos que has traído, Pumariño! Son muy listos. Ya no me parece mal que les hayas contado nuestro secreto. También esto me gustaría explicártelo bien. Yo quería pintar la posibilidad de la belleza en un mundo que no me gusta. Por eso me tuve que meter en el cuadro, para averiguar si era posible.

—¿Y lo es?

El pintor se quedó en silencio. Miraba de uno en uno a los muchachos buscando una respuesta en sus ojos.

—Puede que sí, puede que lo sea. Vosotros estáis aquí y ya habéis traído la belleza.

—Muchas gracias —saltó Aida.

—Me gustaría hacerle una pregunta —dijo Álvaro.

—Hazla.

—Espera —lo interrumpió Alicia—, que antes quiero hacerle yo otra.

Álvaro hizo un gesto de fastidio, pero dejó que su amiga continuase.

—Lucrecia, la hija de ese hombre —continuó Alicia señalando al tabernero—, me dijo que los trabajadores eran gente con alas y que se las habían robado, que por eso estaban aquí.

—Ya sé, ya sé —dijo Duarte—. Eso tiene que ver con algo que le contamos una noche el padre y yo. Sus antepasados vivían en sus países de origen sin necesidad de ir por el mundo buscando el sustento. Tenían su manera de vivir y podían mantener a sus hijos. Pero las cosas cambiaron y ahora se ven en la obligación de venir aquí. Es como si les hubieran arrancado las alas que hacían de ellos seres libres.

—¿Quieres decir que vienen a ganar el dinero que les permita vivir libres en su país?

—Así es. Desgraciadamente eso solo podrá suceder cuando hayan ahorrado lo suficiente para poder volver. Por eso le contamos a Lucrecia lo de las alas.

Alicia se quedó pensativa después de escuchar aquella explicación, momento que aprovechó Álvaro para hacer su pregunta.

—Ahora me toca a mí. Yo ayer, en la casa, entré

en un cuadro que era el paisaje de un hermoso bosque. Allí pude sentir que estaba contemplando un lugar que no había visto nunca antes, pero todo lo que veía estaba en el cuadro. Y aquí, al principio, mientras andábamos por el laberinto, también era así pero, cuando aparecieron los guardias del águila, ya todo lo que vemos y lo que nos pasa no estaba en el cuadro, ¿eso por qué es?

—Yo no sé explicar todo lo que os sucede, pero supongo que es porque al entrar en un cuadro que no está terminado ni tampoco abandonado definitivamente, es como si entraseis en mis pensamientos. En todo lo que me ronda por la cabeza mientras estoy trabajando en un cuadro.

—¡Ostras! —saltó Ángel—. Por eso a mí me pasó lo que me pasó cuando entré en el cuadro del chico que estaba delante de la consola, como aún no estaba terminado me metí en todo lo que usted pensaba que había dentro. Pues podía tener más cuidado, que yo allí las pasé canutas.

—Ese cuadro era de un sobrino mío que siempre estaba jugando con esos chismes, y lo dejé porque no me gustaba nada de nada. Pero, por lo que se ve, todavía me ronda por la cabeza.

El hombre, sentado en medio de los muchachos, daba vueltas en la mano a su bastón, al que Ángel no quitaba ojo. Hecho de una madera clara, bien pulida, brillante por el barniz, terminaba en una empuñadura en la que alguien, seguramente él mismo, había tallado un animalito de rabo largo y ojos saltones que se agarraba al extremo del palo.

—¿Qué, te gusta el bastón, verdad? ¿Cómo te llamas tú?

—Ángel. Y sí señor, me gusta mucho. Es el más bonito que he visto. ¿Qué animal es ese?

—Será que no has visto muchos —dijo el hombre sonriendo—. Es una «salamántiga galega». También hay quien la llama «saramándega» o «sacarrancha» o «pinchorra». Su nombre científico es *Chioglossa lusitanica*. Es delicada y pequeña y solo la hay en nuestro país. Un resto de hace miles y miles de años que quedó aquí aislado. Solo en el Cáucaso tiene algún pariente.

—¿Ha hecho usted el bastón?

—Pues sí. Es de madera de acebo, de ese arbolito de hojas espinosas que en el otoño se llena de bolitas rojas que solo come el urogallo, a ningún otro animal le gustan.

—Yo nunca he visto un urogallo.

—¿Entonces tampoco sabes que el urogallo macho, cuando está rondando a una hembra a la que pretende conquistar, se queda tan absorto que ni siquiera oye y cualquiera puede atraparlo?

—Pues no, no lo sabía.

—Se entrega con tal ánimo al galanteo que, en medio de su canto y lanzando un grito que es como un ta-ta-tá que produce con su pico hinchando el buche, se queda sordo.

—¡Qué bonito! —dijo Aida con un suspiro que se escuchó en toda la taberna.

Ángel había atendido a todo lo que decía Duarte sin quitar los ojos del puño del bastón. Lo miraba admirado y el hombre se dio cuenta de que deseaba tocarlo. Cogerlo en sus manos.

—Toma —le dijo entregándoselo. El muchacho lo agarró y empezó a pasarle la mano suavemente, de abajo arriba y de arriba abajo—. En vista de que te gusta tanto, te lo doy.

Ángel miró al pintor con los ojos brillantes por la emoción. Tragó saliva y respiró profundamente, después dijo:

—¿De verdad me lo da?

—Sí, hombre, te lo doy. Pero tendrás que darle un mano de barniz de vez en cuando que la madera de acebo, aunque es dura para trabajarla, le gusta mucho a la carcoma y la ataca con facilidad. Así que cuídalo.

A Ángel el bastón le quedaba grande, le llegaba a la mitad del pecho, pero en seguida supo como acomodarlo y echó a andar por la taberna apoyándose en él como si fuera un caminante.

—Pero ahora usted se queda sin él y mi abuelo, cuando le falta su bastón, da vueltas y vueltas hasta que lo encuentra, porque no va a ningún sitio sin él.

—No te preocupes que yo solo lo llevo porque me gusta y me acompaña, pero no me hace falta, todavía puedo andar bien sin su ayuda. Ya me haré otro.

—¿Y me lo podré llevar cuando salgamos de cuadro y volvamos a Eiravella? —preguntó el muchacho después de un corto silencio en el que le vino a la cabeza el recuerdo de que se encontraba en el interior de un cuadro y seguramente aquello solo era una figura más dentro del mismo.

—Eso no lo sé. De todas maneras, tú no lo sueltes cuando atraveséis, y seguramente irá contigo. Todos habían estado pendientes del bastón y de la conversación entre el pintor y Ángel. Fue Álvaro el que se percató de la ausencia de Pumariño.

—¿Y Pumariño? ¿Dónde está Pumariño? —gritó.

Miraron a su alrededor y no vieron al hombre por ninguna parte. Preguntaron, pero nadie supo darles razón de él, solo el tabernero, que les dijo que ya hacía un buen rato que lo había visto marcharse.

Salieron de la taberna. Ya era noche cerrada y no se veía a nadie por las calles, solo pandillas de jóvenes que, en grupos de tres o cuatro, conversaban arrimados a las paredes de los bares o sentados en el umbral de las puertas. Miraron a un lado y a otro de la calle y no vieron a Pumariño. No sabían hacia dónde dirigirse hasta que Ángel, que llevaba el bastón en la mano, recordó las dificultades que habían tenido por la tarde para alejar a Pumariño de la Torre y dijo:

—¡En la Torre! Seguro que ha vuelto a la Torre.

—Tienes razón —dijo Alicia empezando a andar en aquella dirección—. Vamos, que ya debe estar allí. Venga, corred, que si lo cogen los guardias del águila estamos perdidos.

Los chicos echaron a correr, solo Ángel se quedó acompañando a Duarte que, aunque también corrió los primeros metros, luego se puso a andar, apresuradamente, pero sin correr.

Cuando estaban a punto de llegar a las marcas que limitaban el acceso, ya pudieron observar el ir y venir de muchos guardias del águila que corrían de un lado para otro. Al pie de la Torre un grupo manejaba un reflector que dirigía hacia lo alto. Allí, dando la sensación de ser del tamaño de una hormiga, estaba un hombre. Parecía imposible que alguien hubiera podido subir tan alto por aquella pared, pero el caso era que a muchos metros del suelo estaba Pumariño, de pie en uno de los pequeños resaltes que formaban los bloques arcillosos con los que se había construido la Torre. Delante de él había un agujero no muy grande al que se agarraba con una mano. En la otra tenía algo que no se distinguía bien desde abajo.

Los guardias colocaron unas escaleras contra la pared de la Torre, pero no eran lo suficientemente altas como para llegar hasta donde estaba el hombre. Varios reflectores más pequeños alumbraban las escaleras y los chicos pudieron observar que Pumariño había hecho otros cinco o seis agujeros en la pared. Al verlos comprendieron lo que había sucedido. Al hombre le llamaba la atención la Torre porque sus muros ejercían sobre él la atracción irreprimible de ponerse a excavar en busca del puchero de las monedas de oro que llevaba buscando toda su vida.

—Se escapó para excavar en la pared —habló Álvaro—. Pero, ¿cómo es posible que en tan poco tiempo haya hecho tantos agujeros y esté tan arriba?

—Con los años que lleva Pumariño haciendo agujeros en las paredes de piedra, esta arcilla es para él como si fuera queso —comentó Duarte, que había llegado retrasado pero a tiempo de escuchar lo que decía Álvaro.

—¿Y qué es lo que tiene en la mano? —preguntó Alba.

Efectivamente, Pumariño se agarraba con la mano derecha al borde de lo que parecía el último agujero que había hecho, y con la izquierda enarbolaba, como mostrándoselo a los que lo miraban desde abajo, un objeto no muy grande, difícil de distinguir con aquella luz, porque parecía ser del mismo color que la pared en la que el hombre estaba subido.

—¿Sabéis lo que a mí me parece? —habló Aida—. Un puchero.

—¡Es cierto! Es un puchero. ¡Pumariño, por fin has encontrado tu puchero! —gritaba Alicia al tiempo que agitaba las manos para que el hombre se diera cuenta de su presencia.

—¡Pumariño! ¡Pumariño! —gritaban ahora todos los chicos, tratando de que el hombre mirase en aquella dirección y los viera.

Así fue, y al poco tiempo Pumariño les hacía señales de saludo desde lo alto, moviendo de un lado a otro el puchero que tenía en la mano. Pero con los gritos también alertaron a los guardias del águila que allí había, que echaron a correr hacia ellos. Alicia los vio venir y empezó a mirar a su alrededor. Se había juntado mucha gente, tanto trabajadores como ciudadanos. Entre los que estaban más cerca Alicia descubrió a Lucrecia y a su padre. Comenzó a desplazarse hacia ellos disimuladamente. Pronto estuvo junto al hombre y la niña, que enseguida comprendieron por qué se les acercaba, y la fueron tapando con sus cuerpos.

En aquel mismo momento llegaron los guardias que, sin ningún miramiento, apresaron a los otros muchachos y al pintor. A empujones los fueron llevando hacia la puerta de la Torre.

Pumariño lo vio todo desde el lugar en el que se encontraba. Comprendió que los iban a meter dentro y se puso a excavar en el agujero que tenía delante. Una gran cantidad de tierra y piedras menudas cayó sobre los guardias que permanecían abajo y que se separaron molestos por aquella lluvia. Pumariño excavaba con rabia. Mientras, en los alrededores había cada vez más gente que contemplaba el trabajo del hombre, que perforaba el muro como un cuchillo caliente entrando en mantequilla, y veían como la pared se deshacía con una facilidad sorprendente. Aquella Torre imponente era ahora como un castillo de arena.

—Débiles parecen los muros que guardan al poderoso habitante de la Torre. Hoy muchos aquí están aprendiendo el camino de su libertad —dijo en voz alta Duarte.

Un guardia le dio un empujón para que no se detuviera, mientras los otros tiraban de los chicos, que también se habían parado mirando a Pumariño, al que ya solo se le veían lo pies porque el resto de su cuerpo estaba dentro del agujero.

9

EN EL INTERIOR

Los guardias condujeron al pintor y a los muchachos al interior de la Torre. Atravesaron una gran puerta y los hicieron entrar en el cuarto de guardia donde los cachearon y les quitaron todo lo que llevaban consigo. Ángel intentó hacerse el cojo para conservar el bastón, pero no se dejaron engañar, habían visto lo bien que caminaba hasta entonces. Además, como también le quitaron el cinturón y los pantalones le quedaban algo flojos, una de sus manos quedó ocupada en sujetarlos para que no se le cayesen.

Los metieron en una celda y allí los encerraron. Al pintor se lo llevaron y los chicos quedaron asustados y silenciosos. Se sentaron en dos bancos que había arrimados a las paredes laterales. Álvaro con Alba en uno de ellos, y Aida con Ángel en el de enfrente.

—¿Y Alicia? —preguntó Ángel— ¿Dónde está Al...?

—¡Chiss! —Álvaro cortó la pregunta de Ángel quien comprendió que no debía decir nada que les indicase a los guardias la falta de alguien.

—¿Y ahora qué nos van a hacer? —preguntó Alba a punto de llorar.

—No lo sé —respondió Álvaro y, por primera vez en su vida, parecía haber perdido el aplomo y la seguridad que le caracterizaban.

—¿Dónde habrán llevado al pintor? —dijo Ángel, que ni sentado dejaba de sujetar sus pantalones.

—Supongo que lo interrogarán —respondió Álvaro, poco convencido de que su respuesta fuera exacta o valiese de algo—, para saber cosas de Pumariño, eso es lo que más les interesa por el momento.

—¿Le torturarán? —volvió a preguntar Ángel.

—¡Qué va, hombre! ¿Cómo le van a torturar? —le respondió Álvaro, molesto porque su amigo había dicho aquello que a todos les daba más miedo—. Supongo que le preguntarán quién es Pumariño y qué pretende escalando la pared de la Torre.

—También le preguntarán por nosotros —habló Alba.

—¿Y a nosotros no nos van a interrogar? —intervino Aida, que volvía a ser la de siempre y ya le había desaparecido el arrojo que mostraba desde que entraron en aquella extraña ciudad.

—Supongo que sí —respondió Álvaro, que se sentía un poco desorientado por la ausencia de Alicia, de la que, más acostumbrada a verse metida en líos, esperaba una iniciativa que ahora no podía llegarle—. Y debemos ponernos de acuerdo en lo que les vamos a decir, si no, enseguida nos pillarán con todo el lío de mentiras que les contamos al llegar.

—La verdad —habló Alba—. Les diremos la verdad, que estamos dentro de un cuadro.

—Alba, creo que eso es exactamente lo que no debemos decirles —hablaba Álvaro con una calma que no era fácil mantener en aquella situación—. No se lo van a creer y será mejor que no piensen que les queremos tomar el pelo.

—¿Y entonces, qué quieres que les digamos? —preguntó Aida—. Yo les cuento lo que tú quieras, pero qué.

Todos se quedaron en silencio. Álvaro se levantó y, cogiendo a Alba por una manga, atravesó la celda para ir a sentarse en el banco en el que estaban los otros dos. El espacio era mínimo y los obligaba a estar muy juntos.

—Creo que debemos decirles que hemos venido dando un paseo —Álvaro hablaba en voz baja y los otros escuchaban muy atentos—, lo mismo que dijimos al llegar. Les diremos que Pumariño es un buen hombre que tiene la manía de hacer agujeros en las paredes.

—Eso, eso —decía Alba con mucho entusiasmo—. Y que, si nos dejan, cogemos a Pumariño y nos vamos.

—Y, desde luego, nada de Alicia —insistía Álvaro—. Porque estoy seguro de que pronto sabremos de ella, no se va a marchar sin nosotros.

—¿Y ella qué puede hacer? —preguntó Ángel, ansioso.

—Va a venir a ayudarnos —respondió Alba volviéndose hacia su amigo—. Estoy segura de que no tardará mucho en sacarnos de aquí.

Volvían a estar callados, con la cabeza baja y la mirada dirigida hacia el suelo. Estaban incómodos en aquel banco que era pequeño para los cuatro, pero preferían estar así, muy juntos.

Y así seguían cuando les pareció escuchar unos golpecitos en la puerta de la celda. Levantaron la cabeza y se miraron unos a otros. Álvaro, poniéndose un dedo delante de la boca, les indicó que no hablasen ni hicieran ruido. Se levantó con mucho cuidado y, acercándose a la puerta, pegó la oreja contra la madera.

No tardaron mucho en repetirse los golpecitos y, a continuación, una voz:

—¿Alba? ¿Álvaro?

—¡Es Alicia! —dijo Ángel levantando la voz.

Álvaro se volvió e hizo de nuevo el gesto indicando silencio. Después acercó la boca a la puerta y habló.

—¿Alicia, eres tú? Estamos aquí. ¿Estás bien?

—Voy a abriros.

Se escuchaban más los jadeos de Alicia peleando para abrir que el ruido del cerrojo, que tan difícil le estaba resultando. Debía estar muy recio pero, por fin, dio un golpe al descorrerlo hasta el tope y la puerta se abrió. En el vano apareció Alicia, y Alba corrió a abrazarla.

—¡Alicia, has venido a buscarnos! —decía sin soltarse del abrazo de su amiga.

—Pues claro. ¿Cómo no iba a venir?

—¿Cómo sabías que estábamos aquí? —preguntó Ángel sin aflojar la mano con la que sujetaba sus pantalones.

—Lo vi todo, porque entré justo detrás de vosotros. Los guardias que os traían no miraban hacia atrás y los otros estaban ocupados conteniendo a la gente que hay alrededor de la Torre, que ya es muchísima.

Seguían los amigos abrazándose como si hiciera mucho tiempo que no se veían. La alegría de volver a ver a Alicia y de que la puerta de la celda estuviera abierta los dominaba, pero fue la propia Alicia la que los hizo volver a la realidad de que todavía se encontraban en el interior de la Torre.

—Venga, vámonos de aquí. Que pueden volver los guardias.

—¿Dónde están? —le preguntó Álvaro.

—Se han ido todos para arriba —dijo Alicia señalando con el dedo índice hacia lo alto.

Salieron de la celda y empezaron a caminar por un pasillo que tenía, a ambos lados, puertas cerradas con grandes cerrojos. Ángel se acercó a Alicia y le tiró de una manga para reclamar su atención.

—¿Y tú sabes dónde está el pintor?

—Sí que lo sé. Está en aquella celda de allí —respondió Alicia sin dejar de andar y señalando hacia adelante.

—Vamos a abrirle, ¿no? —apremió Ángel.

—Claro, hombre. Será mejor que vayáis Álvaro y tú. Nosotras vigilaremos.

Ángel y Álvaro echaron a correr hacia la puerta que Alicia les había indicado. Agarraron ambos el cerrojo y, haciendo fuerza con las dos manos, lograron descorrerlo. Duarte estaba sentado en uno de los bancos, tan tranquilo. No había en él señales de miedo ni de preocupación. Cuando vio a los chicos se levantó despacio y les indicó que salieran ellos delante para regresar a donde les aguardaban las muchachas.

—Ahora vámonos —dijo Aida dando vueltas sin saber qué dirección tomar—. Tenemos que llegar al laberinto para poder salir del cuadro.

—Espera —habló Alicia sujetando a su amiga que ya se echaba a andar—. Antes tenemos que encontrar a Pumariño, no vamos a dejarlo a él aquí.

—¡Ay, tienes razón! ¿Y dónde está?

—No lo sé —dijo Alicia—. Pero supongo que estará por ahí arriba.

—Pues no esperemos más —dijo Álvaro—. Vamos allá, que tenemos que encontrarlo antes de que lo cojan los guardias.

Regresaron por el pasillo hasta donde estaban las celdas. Un poco antes de llegar al cuarto de guardia, se pararon y Alicia se agachó. Así, en cuclillas, fue hasta la puerta y miró hacia dentro. Regresó a donde la esperaban sus amigos y les habló bajando mucho la voz.

—Solo hay un guardia y está entretenido, de espaldas a la puerta. Tenemos que pasar sin hacer ruido. Esperad a que yo os avise e iremos cruzando de uno en uno.

Volvió a agacharse y se acercó a la puerta. Miró hacia adentro y, sin volverse completamente, hizo una seña para que pasase el primero, que fue Ángel. Después Alba, y así todos, hasta que pasó Duarte, que fue el último.

Llegaron a la entrada de la Torre, un espacio abovedado con dos puertas, una que daba al exterior y otra al interior de la edificación. Traspasaron esta y se encontraron en una amplia sala de la que partían muchas escaleras que se entrecruzaban. Se quedaron parados contemplando aquel revoltijo de escaleras que no comprendían, porque no eran capaces de saber cuál de ellas tenían que coger para poder subir. Miraron todos al pintor como pidiéndole ayuda.

—Yo esto no lo he pintado. Pero tengo que confesaros que cuando pinté la Torre y traté de imaginar cómo sería su interior, me acordé de las escaleras de Escher.

—¿De quién? —preguntó Ángel.

—De Escher, un pintor holandés al que le gustaba pintar torres y castillos con escaleras imposibles, por las que no se sabía si la gente subía o bajaba.

Todos seguían mirando hacia arriba, tratando de averiguar cuál sería la escalera que debían tomar.

—Venga —habló Álvaro—. Cada uno que elija una distinta y el que encuentre la que lleva al piso superior, que avise.

Así lo hicieron, cada chico empezó a subir por una escalera diferente. El pintor se quedó abajo, esperando el resultado de la prueba.

Ángel, sujetando los pantalones con la mano, se paró enseguida, porque su escalera lo llevó a darse de narices contra una pared. De la misma manera terminaba la que tomó Alba. Álvaro se lanzó hacia arriba a la carrera y, de repente, se vio otra vez abajo, sin saber en qué momento había empezado a bajar.

Alicia y Aida se encontraron en un rellano, pero cuando una todavía subía, la otra ya bajaba. Miraron a su alrededor y vieron una puerta. La abrieron y daba a un pasillo.

—Tú espera aquí —dijo Alicia—, yo voy a buscar a los otros. No te muevas.

Cuando estuvieron todos delante de la puerta, entraron. Anduvieron por el pasillo hasta llegar a una sala grande de la que partían nuevas escaleras, pero esta vez eran menos numerosas. Todo estaba desierto.

—Aquí no hay nadie —dijo Ángel—, pero volvemos a estar al pie de las malditas escaleras.

—Sí —dijo Alicia—. Y tenemos que seguir subiendo para encontrar a Pumariño.

—Lo malo es que cuanto más subamos más difícil nos va a resultar salir de aquí, si tenemos que hacerlo a la carrera —dijo Álvaro.

—No hay más que ir por este pasillo —Alba señalaba el que le parecía que era el camino por el que habían llegado a la sala. Ángel fue en la dirección que la chica indicaba. Se quedaron esperando, con la mirada puesta en la puerta por la que había salido Ángel. Tardó muy poco en regresar y lo hizo entrando por una puerta distinta, aquella que estaba justamente a espaldas de sus amigos, que se volvieron al escucharlo.

—¡Os juro que el pasillo parecía derechito como una vela! No tengo ni idea de cómo he podido hacer para venir a dar a esta otra puerta.

Estaban desconcertados. Cada uno buscaba en los ojos de los otros el camino para encontrar la decisión más acertada.

—¿Qué hacemos?

Nadie respondió a la pregunta de Alba. Miraban a su alrededor como si aquel laberinto de escaleras y pasillos, que parecía comunicar unas puertas con otras pero ninguna con la salida, mantuviera oculto un camino que se les rebelaría de repente, como por arte de magia.

—Desde luego tenemos que ir siempre hacia arriba hasta que encontremos a Pumariño, después ya veremos —dijo por fin Alicia—. Así que cada uno coja por una escalera, que es la única manera de saber a dónde nos llevan.

—Pues venga —habló Aida dando muestras de haber recuperado aquel ánimo que había adquirido al entrar en la ciudad. Se dirigió al arranque de una de las escaleras y empezó a subirla—. Vamos a saber a dónde se va por estas condenadas, aunque sea al mismísimo infierno.

Los otros dudaron un poco, pero también empezaron a subir. Como los caminos resultaron ser seis, cada uno cogió el suyo.

En esta ocasión ninguna escalera terminaba en una pared, sino que todas llevaban a alguna parte, aunque algunas veces se cruzaban uno que subía con otro que bajaba por la misma escalera.

Otras veces uno llegaba a un piso nuevo y se cruzaba con uno de sus amigos en un pasillo desconocido. Hacía un gesto para indicarle que no había encontrado a Pumariño o que aquello estaba desierto, y se metía por otra escalera que lo llevaba al piso siguiente.

Al poco tiempo cada uno de ellos caminaba por un lugar sin saber a qué altura estaba ni dónde se encontraban los otros, a no ser aquellos con los que se cruzaba.

Duarte en seguida se cansó de andar de un lado a otro y se quedó parado en un rellano. A cada muchacho que pasaba por su lado le decía lo mismo:

—Yo os espero aquí, que ya empiezo a estar harto de tantas carreras.

En una de estas idas y venidas se juntaron Alicia, Álvaro y Aida, que vieron que por una de las escaleras bajaban a todo meter Ángel y Alba. Detrás de ellos corrían varios guardias.

—¡Dispersaos! —gritó Álvaro, lanzándose hacia arriba a la carrera.

Obedecieron los chicos y los guardias también se repartieron para perseguirlos. Ahora todo eran carreras de los chicos y los guardias. Los cruces entre los amigos se producían a toda velocidad, pero aún así podían intercambiar noticias.

—¡Por aquí no hay nadie! —decía uno.

—¡No vayas por ahí que vienen los guardias! —avisaba otra.

Como pasaban con frecuencia por donde estaba el pintor, que permanecía arrimado a la pared sin que los guardias le prestaran atención, este les daba las novedades que iba conociendo:

—¡Por ahí no vayas que hay muchos guardias! ¡Ten cuidado que suben hacia aquí!

En una de estas pasó por delante de él Pumariño. Llevaba el puchero en la mano y se reía feliz. Corría levantando mucho las rodillas, como si estuviera jugando. Iba perseguido por un buen número de guardias.

El pintor, a medida que veía pasar a cada muchacho, le decía que ya había aparecido Pumariño y que lo había visto dirigirse escaleras arriba, así que todos hicieron lo mismo. También Duarte empezó a subir, pero lo hacía despacio, como si todas las carreras y persecuciones que estaban sucediendo a su alrededor no tuvieran nada que ver con él. Los guardias lo apartaban con violencia cuando lo encontraban en su camino, sin prestarle más atención. Solo unos pocos se dedicaban a perseguir a los niños, y la mayoría fueron detrás de Pumariño, al que ahora ya no se veía por ninguna parte. Duarte seguía a su paso y se hacía a un lado cada vez que el tránsito aumentaba demasiado.

Ángel vio al pintor metido en un hueco de la pared y se paró a su lado jadeando. Al poco rato llegó Alicia y le hicieron sitio. Desde allí vieron a Aida corriendo hacia abajo perseguida por un guardia. Iba tan atenta en su huida que no se daba cuenta de que otro guardia subía en su dirección. Ángel la alertó con un grito. La chica se agachó justo a tiempo y el guardia que bajaba tropezó con ella y se fue de narices contra el que subía. Mientras los dos guardias rodaban por las escaleras, Aida se reunió con sus amigos que reían y le daban palmaditas en la espalda para felicitarla. Alicia, cuando recobró las fuerzas, le dejó el sitio a su amiga y echó a correr de nuevo, pero esta vez no lo hizo por las escaleras, sino que se metió por un pasillo que tenía enfrente.

Abrió la primera puerta que encontró y se metió allí. Dos guardias que la habían visto corrieron tras ella, pero no llegaron a tiempo y la muchacha cerró la puerta por dentro.

El lugar en el que se encontró era una amplia estancia que, por su mobiliario, le pareció un comedor. Había una mesa muy larga rodeada de sillas. A cada lado de la mesa, y contra la pared, unos aparadores.

Alicia miró a su alrededor y contó las puertas de la sala. Eran cuatro, además de aquella por la que acababa de entrar. Tuvo algunas dudas sobre a cuál dirigirse y, por fin, escogió la que estaba más cerca. La abrió de golpe y se dio de narices con dos guardias que, una vez repuestos de la sorpresa, intentaron echarle mano, pero ella reaccionó rápida como un rayo y cerró con un fuerte portazo que le debió pillar los dedos a alguno de los guardias, porque se escuchó un grito muy fuerte, un grito feo e infernal.

Se dirigió hacia la puerta que tenía enfrente y la abrió. Igual que en la anterior, aparecieron dos guardias que la miraban. Esta vez cerró antes de que se pudieran reponer de la sorpresa de encontrarse con la chica cara a cara.

Alicia estaba desconcertada. Daba vueltas a su alrededor sin saber a dónde ir. Se dirigió hacia la tercera puerta, pero no se atrevió a abrirla, estaba llena de dudas y de miedo. Notaba en las piernas algo parecido a lo que había sentido cuando estaba en el fondo del pozo y no podía subir porque el miedo la había dejado sin fuerzas. Puso la mano sobre el pomo de la tercera puerta y desistió, sin saber por qué, entonces se dirigió hacia la cuarta. Empezó a abrirla poco a poco, mientras la sujetaba con el hombro por si alguien quería empujar desde afuera. Por la pequeña rendija que abrió vio un tramo de pasillo curvo. No se veían guardias, así que abrió completamente y salió con cuidado. No había nadie ni se escuchaban ruidos. Anduvo con pies de plomo, atenta por si aparecía alguien en una vuelta de aquel camino.

El pasillo terminaba, cómo no, en un nuevo manojo de escaleras. El mismo tipo de escaleras complicadas que no se sabe si los que circulan por ellas suben o bajan. Pensó que lo que tenía que hacer era subir, pero cuando iba a hacerlo escuchó un ruido a su espalda. Era el sonido de pasos de alguien que se acercaba arrastrando los pies.

Buscó rápidamente un lugar donde esconderse y se metió debajo de las escaleras. Desde allí podía ver gran parte del pasillo. Contenía la respiración a medida que los pasos se escuchaban más cerca. El que caminaba tosió sin ninguna precaución. Alicia interpretó esto como un peligro: «si no le importa que le oigan, es que no tiene miedo de que le cojan», pensó.

Por fin el caminante estuvo a la vista de Alicia. Era Duarte. La muchacha salió de su escondite y le chistó. El hombre alzó la vista , pero no se sorprendió al verla ni apresuró su paso, por más que ella le hacía gestos para que se acercase rápidamente.

—¿Por dónde andan todos? —le preguntó Alicia antes de que Duarte llegara a su lado.

—Tus amigos siguen corriendo como endemoniados y los guardias no han podido pillar a ninguno. No sé cómo lo hacen, pero yo en el lugar de los guardias desistía y los dejaba que anduviesen por donde les diera la gana, porque son más difíciles de atrapar que un ratón enjabonado.

—¿Y Pumariño?

—Ese ya ha dejado de correr. Desde que encontró el puchero parece que ha rejuvenecido y corre como un chaval, pero esto empezaba a ser demasiado para él, que también tiene sus añitos. Una de las veces que pasó a mi lado le dije que era mejor que se escondiera. Ahora está metido donde no lo podrán encontrar, a no ser que tiren abajo la Torre.

—¿Y a ti por qué no te persiguen? —seguía Alicia con sus preguntas cuando ya Duarte estaba a su lado, y los dos en el inicio de las escaleras.

—No lo sé. Creo que me desprecian. Deben pensar que no merece la pena ocuparse de mí y que me pueden agarrar cuando quieran.

—Yo iba a seguir subiendo, pero ahora que estás tú aquí vamos a ver a dónde da la puerta que antes no me atreví a abrir.

—¿Qué puerta?

—Ven conmigo y verás.

Alicia echó a andar por el pasillo, ahora lo hacía con decisión. Duarte iba detrás, a su paso, sin apresurarse.

Así que cuando el hombre llegó, ya Alicia lo esperaba impaciente delante de la puerta por la que un momento antes había salido al pasillo. Entraron los dos en la sala de la gran mesa y la niña se dirigió sin dudarlo a la puerta que antes no se había atrevido a abrir.

—Voy a abrirla con mucho cuidado, porque detrás de aquellas otras están los guardias. Así que, si ves que vuelvo a cerrar, ayúdame a empujar bien fuerte.

Abrió con precaución y se asomó un poquito para mirar fuera. Se volvió hacia el pintor que permanecía detrás de ella con el hombro listo para cerrar la puerta.

—No hay nadie. Pero está muy oscuro.

Abrió de par en par y, con la luz de la sala, pudieron ver que también allí había unas escaleras. En esta ocasión solo unas escaleras. No como antes, que siempre partían varias de cada rellano.

La muchacha hizo un gesto indicándole a Duarte que la siguiera, y comenzó a subir. Eran unas escaleras estrechas y oscuras que iban recorriendo la pared en caracol. A medida que el hombre y la niña avanzaban percibían una claridad que venía de lo alto.

Alicia subía con mucho cuidado para evitar cualquier sorpresa desagradable. En los últimos peldaños ya había luz suficiente para poder ver por dónde andaban. Cuando el ascenso terminó salieron a una terraza por una puerta que solo estaba entornada. Se encontraban en lo alto de la Torre, donde les recibió la luz pálida del amanecer.

Duarte y Alicia observaron aquel espacio al aire libre. Justo en el centro había una especie de prisma de piedra, no del material arcilloso de las paredes, de unos dos metros de alto. Su base era un rectángulo de un metro por metro y medio. Ellos habían salido por un lateral y lo fueron rodeando. Cuando estuvieron frente a su cara más ancha, la que daba al naciente, vieron allí una mujer. Era joven y muy hermosa. Estaba de pie, con el cuerpo y la cabeza contra la pared. Uno de sus pies se afirmaba en el suelo mientras que el otro, con la pierna doblada por la rodilla, estaba apoyado en la piedra. Llevaba un vestido de estilo oriental de color claro y adornado con dibujos suaves, abrochado hasta el cuello.

Alicia no se ocupó de ella, no consideraba que pudiera ser un peligro, pero lo que sí le llamó la atención fue que en el suelo, a sus pies, el viento pasaba las hojas de un libro que estaba allí posado. Se dio cuenta de que era un libro de poemas y lo recogió para ver la portada. Comprobó que era el mismo que el pintor sostenía en sus manos en el retrato que le había pintado Pumariño. Volvió a dejarlo donde estaba y buscó con la mirada al pintor. Cuando lo localizó vio que estaba como atónito mirando a aquella mujer. Muy despacio, como para no interrumpir a la joven en su ensimismamiento, el hombre se fue agachando y, con una rodilla apoyada en el suelo, siguió contemplándola.

La mujer, sin advertir la presencia de ellos dos, permanecía con los ojos cerrados, el rostro alzado para recibir el sol, y en la cara una expresión de tranquila felicidad.

—¿Qué haces ahí parado? Vámonos, que aquí no hay nada que nos interese ni tampoco ningún modo de escapar —le habló Alicia al pintor sacudiéndole un hombro—. Tenemos que bajar. Solo podemos salir por la planta baja. No hay otra manera.

—Espera. ¿Ves como es cierto lo que yo decía?

—¿A qué te refieres?

—A que cualquier lugar puede ser habitado por la belleza. Este también.

Alicia se separó de Duarte, absorto en la contemplación de la mujer que seguía inmóvil, como si no hubiera nadie en la terraza; recorrió aquel lugar y, asomándose al antepecho, miró hacia abajo.

En aquel momento se oyó un ruido de voces que provenía de la escalera. Alicia corrió a donde estaba el pintor y volvió a tocarle en el hombro.

—Vámonos Duarte, que viene gente.

No tuvieron tiempo de llegar a la puerta, porque en ese mismo momento apareció en la terraza un grupo de guardias que seguían a un hombre alto, con el cráneo rapado. Llevaba una túnica de mangas largas y anchas de color verdoso, que le llegaba hasta los pies.

Los guardias se precipitaron sobre Alicia y el pintor y los detuvieron. A continuación los arrastraron hasta el Señor de la Torre, llevándolos fuertemente agarrados por los brazos. Les obligaron a arrodillarse en el suelo, mientras, tirándoles del pelo hacia atrás, les hacían levantar el rostro para que el Señor pudiera ver bien sus caras.

—¿Dónde está el hombre que tiene el puchero? —preguntó airado el Señor de la Torre.

—¿Qué hombre? ¿Qué puchero? —dijo Alicia con voz quejosa por el daño que le producía el guardia que le tiraba del cabello.

El Señor de la Torre dio un paso hacia adelante y agarró a Alicia por un brazo. Les hizo una señal a los guardias para que la soltaran y la obligó a ponerse en pie. Después bajó la cabeza y habló, acercando mucho su rostro al de la muchacha:

—No te hagas de nuevas que yo sé que me entiendes. Te pregunto dónde está el hombre que excavó la pared de la Torre, el que robó el puchero que yo tenía guardado dentro del muro. Así que no me vengas haciéndote la tonta, que sé de sobra que tú has venido con él.

El Señor de la Torre arrastró a Alicia por la terraza hasta que estuvieron los dos junto al pintor, que continuaba de rodillas y sujeto por los guardias.

—¿Sabes tú dónde está?

—Sí, lo sé —responde Duarte después de un largo silencio en el que ambos, pintor y Señor, se miraron fijamente, en un desafío en el que se dirimía quién dominaba a quién.

El Señor de la Torre se volvió llevando a Alicia a rastras, y caminó, casi corriendo, hasta el antepecho de la terraza. Desde allí le gritó al pintor:

—Pues ya puedes ir diciéndome dónde está, si no quieres que tire a esta chica de la Torre abajo.

Mientras decía esto, levantó a Alicia en vilo y la puso sobre el antepecho. Alicia quería gritar, pero solo le salió un sonido casi inaudible, parecido al piar de un pollito recién nacido. Ella quería llamar a su madre como cuando estaba en el fondo del pozo pero no pudo, seguramente porque sabía que, en aquel momento, ni sus padres ni los vecinos de Eiravella la podían ayudar.

Duarte trató de no aparentar asustado y de permanecer tranquilo, incluso dio un brusco tirón para liberarse de los guardias. Entonces el hombre rapado, sin dejar a Alicia en el suelo, hizo un gesto afirmativo y los guardias soltaron al pintor que se puso en pie.

—No sé dónde está exactamente, pero sé que vendrá si yo le llamo.

—Pues llámale.

—Le llamaré. Pero primero tienes que dejar a la muchacha en el suelo.

—De eso nada. Tú llámale y después la bajo

—De acuerdo —habló Duarte después de un instante que a Alicia le pareció eterno—. Vamos a hacer una cosa.

—¿Qué propones? —volvió a preguntar el Señor.

—En primer lugar, que salgan de aquí todos los guardias y que nos esperen en la planta baja. Después tú y yo llevamos a la chica hasta la puerta. Cuando estemos allí Pumariño te entregará el puchero.

El Señor de la Torre permaneció un momento pensativo sopesando la oferta que le hacía Duarte. Éste había adivinado que la codicia era su debilidad. Se había dado cuenta de que el deseo de poseer el puchero era superior en él a cualquier otro pensamiento. Y acertó, porque el Señor les hizo una señal a los guardias, que comenzaron a descender la escalera. Dejó a Alicia en el suelo y ya iba a empezar a caminar cuando Duarte, con un gesto, le indicó que se detuviera. Se acercó el pintor a la puerta y gritó:

—¡Pero todos, eh! Los que vayáis encontrando por la escalera, para abajo también.

El pintor esperó un rato con el oído atento a los ruidos procedentes de la escalera. Cuando lo que escuchaba le pareció bien, se dirigió al Señor de la Torre:

—Ahora vamos —le hablaba manteniendo sus ojos fijos en los de él y, sin dejar de vigilarlo señaló hacia atrás, allí donde estaba el prisma de piedra—. Ella también viene con nosotros.

—¿Quién? Aquí ya no hay nadie más que nosotros los tres.

Duarte, al escuchar aquello, se separó de la puerta y se dirigió al lugar donde antes había visto a la mujer apoyada en el prisma. Allí no había nadie.

Dio una vuelta alrededor y solo vio en el suelo el libro, al que el viento seguía pasando las hojas, pero la mujer no estaba. Duarte regresó al lugar donde el Señor mantenía agarrada a Alicia, tratando de evitar que se le notasen en el rostro la sorpresa y la decepción que acababa de sufrir.

—Está bien, vámonos. Tú delante. Y no le aprietes tanto el brazo a la muchacha, que le haces daño.

Con el Señor de la Torre llevando a Alicia y Duarte detrás, comenzaron los tres a bajar la escalera.

El camino estaba libre, no se veían guardias por ninguna parte. Al primero que encontraron fue a Álvaro. El muchacho los vio venir a los tres y empezó a decir algo, pero se quedó callado al darse cuenta de que el Señor de la Torre traía a Alicia fuertemente agarrada. Se hizo a un lado para dejarlos pasar y después se puso a la altura de Duarte.

—¿Qué ha pasado?

—Vamos a bajar todos y Pumariño le entregará el puchero —le respondió Duarte en un tono un poco seco para evitar que siguiera preguntando—. Así que vete tú delante y les dices a los otros que bajen también.

Álvaro hizo lo que Duarte le indicaba y se adelantó para dar aviso a sus amigos. Los fue encontrando por el camino, sudorosos y cansados, sentados por los rincones desde donde habían visto pasar a los guardias sin que les hicieran el menor caso.

De esa manera llegaron a la planta baja. Del exterior provenía rumor de voces y un poco de la luz del día. Allí encontraron a los guardias que, sentados en el suelo, descansaban de las muchas carreras que habían tenido que hacer. Los de delante, al ver aparecer a los muchachos, les dirigieron miradas llenas de ira, mientras que los que estaban en las filas de atrás parecían, más que ninguna otra cosa, desconcertados.

—Ya estamos aquí —dijo el Señor de la Torre dirigiéndose al pintor y sin soltar el brazo de Alicia—. Ahora llama a ese hombre y que traiga el puchero.

—Todavía no.

—¿Cómo que no? ¿Qué pasa ahora?

—Pasa que antes de eso todos los guardias tienen que subir a la terraza. Este muchacho —Duarte iba a señalar a Ángel pero, al verlo sujetándose los pantalones, se volvió hacia Álvaro— irá detrás para cerrar la puerta. Cuando él regrese llamaré a Pumariño para que te entregue el puchero y nos podamos marchar sin que los guardias vengan corriendo detrás de nosotros.

El Señor de la Torre puso cara de fastidio ante aquella nueva condición del pintor, pero su codicia era mayor que su orgullo y acabó por hacer una señal a los guardias para que actuasen como se les pedía. Empezaron todos a levantarse de mala gana, incluso algunos de ellos claramente enfadados, y a subir con paso cansado. Cuando acabaron de pasar por delante de los muchachos, Álvaro salió tras ellos.

Ángel, Aida y Alba se sentaron en el suelo mientras los dos hombres y Alicia permanecían de pie en

el centro de la estancia. Pero Ángel en seguida se levantó y se acercó al pintor para decirle algo al oído. Duarte asintió con la cabeza y el muchacho salió en dirección al pasillo donde estaban el cuarto de guardia y las celdas.

—¿Dónde va ese? —se alteró el Señor de la Torre.

—Hay ciertas necesidades que no se pueden aguantar, ni tampoco hacerlas en público. Enseguida vuelve.

Ángel fue directamente al cuarto de guardia y, nada más entrar, vio su bastón tirado en el suelo. Cuando se agachaba para cogerlo escuchó un ruidito encima de su cabeza que provenía de lo alto de la pared de enfrente. Inmediatamente, de allí mismo, empezó a caer un polvillo que el muchacho observó con atención mientras enarbolaba el garrote, dispuesto a descargarlo sobre quien apareciese.

En aquel lugar fue apareciendo, poco a poco, un agujerito que se hizo más y más grande hasta que se pudo ver por él la cara de bollo de Pumariño.

—¡Pumariño! ¿Estás bien?

El hombre afirmó varias veces con la cabeza mientras lucía en el rostro su sonrisa de siempre.

—Pues quédate ahí hasta que te llame Duarte, yo solo he venido a recuperar mi bastón.

El chico también sonrió a su amigo con complicidad y se dispuso a salir, pero cambió de idea y regresó a donde estaban las cosas que los guardias les habían quitado cuando los trajeron a la Torre. Buscó afanosamente entre ellas hasta encontrar su cinturón. Se lo puso, pasándolo con cuidado por cada una de las trabillas del pantalón, lo sujetó con la hebilla y, guiñándole el ojo izquierdo a Pumariño, salió de la sala para regresar a donde estaban sus amigos con el Señor de la Torre, que seguía teniendo a Alicia fuertemente cogida del brazo y que, cuando vio aparecer al muchacho con el bastón en la mano, puso a la niña por delante y gritó muy nervioso:

—¿Dónde va ese chico con ese garrote? Yo he tenido que mandar a mis guardias a la terraza y tú estás armando a los tuyos.

—Tranquilízate. Yo no tengo guardias, ni ese garrote es un arma. El bastón lo usa para apoyarse, porque es algo cojo.

—Pues yo no le he notado cojera de ningún tipo.

—Lo disimula muy bien, es un poco presumido —concluyó Duarte sonriendo.

En estas apareció Álvaro, y Duarte lo miró. El chico le hizo un gesto afirmativo con la cabeza para indicarle que todo estaba según él había ordenado.

—De acuerdo. Ahora llamaré a Pumariño para que traiga el puchero —dijo Duarte—. ¡Pumariño! ¡Ya puedes salir! ¡Ven aquí!

Quedaron todos a la espera, en silencio. El Señor de la Torre estaba cada vez más nervioso y apretaba con fuerza el brazo de la muchacha.

—¡Ay! ¡Qué me hace daño! —gritó Alicia.

El hombre aflojó un poco la presión cuando vio aparecer a Pumariño, pero sin llegar a soltar su presa.

Pumariño venía todo sucio de barro, traía el puchero bajo el brazo derecho y sonreía como nunca. Todos los chicos se acercaron a él y le sacudían el polvo del buzo mientras el hombre los miraba con afecto.

Duarte también se le acercó y, pasándole un brazo por la espalda, lo fue separando de los muchachos para llevarlo al centro de la estancia.

—Pumariño, este hombre quiere el puchero. Dice que es suyo.

Cuando escuchó lo que le decía el pintor, desapareció la sonrisa de su rostro y, con un movimiento brusco, se retiró del abrazo. Apretó el puchero contra su pecho con los dos brazos y negó insistentemente con la cabeza. Miraba a su amigo con los ojos muy abiertos, como para hacerle entender que no comprendía por qué le estaba pidiendo que se desprendiera de lo que era el anhelo de toda su vida.

—Ya lo sé, ya lo sé. El puchero no es de él, es tuyo —Duarte le hablaba despacio, en un tono muy cariñoso y comprensivo—. Es el puchero de tu padre, pero es que si no se lo das no soltará a Alicia, ni tampoco permitirá que nos vayamos.

Pumariño se quedó pensativo. Miró a Alicia que también lo miraba a él con ojos tristes. Después se volvió hacia los otros muchachos y en la mirada de cada uno de ellos fue reconociendo la súplica de que le entregase el puchero al Señor de la Torre y así poder marcharse de allí.

Comenzó a caminar hacia el frente. Muy despacio, con pasitos cortos e indecisos. Separó lentamente el puchero de su pecho para ofrecérselo a aquel hombre que tenía prisionera a Alicia.

—Dáselo, hombre —le dijo Duarte en voz bien alta—. Dáselo, como le dabas a las torcaces que había en los pinos detrás de la casa.

La sonrisa volvió de pronto al rostro de Pumariño y, con un movimiento rapidísimo que apenas nadie pudo percibir, lanzó el puchero, que salió volando hasta golpear la cabeza del Señor de la Torre.

El puchero de barro, aquel que durante toda su vida había buscado el bueno de Pumariño, se rompió en mil pedazos que salieron por la puerta abierta, absorbidos por el aire de la ciudad, mezclados con su contenido. Parecían dirigidos por una fuerza tan descomunal que ninguno de los presentes advirtió con claridad lo que había sucedido. Y mucho menos el Señor de la Torre, que cayó hacia atrás arrastrando a Alicia con él. En ese momento todos pudieron escuchar a Pumariño que lanzó un grito enorme, inarticulado, un largo ¡ouuuu...!

Alicia, al verse libre de la garra que la tenía prisionera, se levantó del suelo veloz como un rayo y gritó:

—¡Todos fuera, rápido!

Los muchachos corrieron hacia la puerta, seguidos de Pumariño y del pintor, mientras el Señor de la Torre permanecía sin sentido, tirado en el suelo.

10

LA SALIDA

En cuanto salieron al exterior pudieron ver que sobre la ciudad estaba cayendo una lluvia de monedas. El pintor se agachó, recogió del suelo una de ellas y la mostró a todos. Parecía de oro, por su color amarillo y por lo mucho que relucía, y tenía una forma que recordaba vagamente el ala de un pájaro.

En seguida comprendieron que no era prudente continuar allí parados y empezaron a correr por las calles de la ciudad. En todas partes la gente salía de sus casas y recogía las monedas. Los saludaban al verlos pasar, como si supieran que aquellas siete personas que buscaban la salida de la ciudad eran los que habían provocado la lluvia maravillosa.

A medida que iban atravesando las calles, la lluvia perdía intensidad y cada vez había menos monedas que recoger. Pero, como si aquellas piezas tuvieran el poder mágico de desterrar la codicia de los corazones, se formaban grupos en los que se repartían. Aquellos que tenían más las compartían con los que solo habían podido juntar unas pocas. Incluso los perezosos que consideraban excesivo el trabajo de agacharse para recogerlas, recibían su parte.

Los chicos, Pumariño y Duarte, que iba un poco retrasado, corrían para alejarse todo lo que podían de la Torre, donde imaginaban que los guardias ya se habrían liberado y estarían organizando su persecución. Los trabajadores que encontraban a su paso abandonaban el reparto para indicarles el mejor camino.

De este modo llegaron los siete a una pequeña plaza que podría ser el centro de la ciudad de no existir la Torre. Allí se pararon, un poco desorientados, sin saber muy bien por dónde debían continuar.

—¿Hacia dónde tenemos que ir, Álvaro? —preguntó Alicia jadeando.

—Hacia el nordeste.

Al escuchar la respuesta de Álvaro, los otros cuatro chavales volvieron sus cabezas buscando el sol y la dirección que les debía marcar, pensaban que les resultaría fácil en aquellas primeras horas del día.

—¿Pero, a dónde queréis ir? —preguntó Duarte situándose en medio de los cinco.

—Queremos salir de la ciudad y llegar al laberinto. Tenemos que ir hacia los campos de trabajo —le respondió Álvaro.

—No nos hace falta ir hasta allá —le cortó el pintor—. A ver...

Duarte se puso a mirar a su alrededor en busca de algo. Cuando le pareció que lo había encontrado, se dirigió hacia un extremo de la plaza seguido por los muchachos y por Pumariño, que sonreía feliz, ya olvidado del puchero perdido, aquel que había sido el anhelo de toda su vida. Se acercó a la fachada de una casa y se situó frente a uno de sus laterales. Observó con atención la pared, que estaba totalmente pintada de blanco y no tenía puertas ni ventanas.

—Esto servirá —dijo—. Hay que buscar lápices, pintura y todas las cosas que podamos utilizar para pintar.

Los chicos no lo pensaron, se dieron la vuelta para dirigirse a los trabajadores que se habían ido juntando y ahora los miraban, mientras hacían sonar en sus bolsillos las monedas recogidas. Cada muchacho trató de explicar de la mejor manera las necesidades que los apremiaban. Los trabajadores se marcharon corriendo y al poco rato regresaron con los más diversos materiales de pintura. Traían lápices y ceras de sus hijos, pero también botes más o menos llenos de pintura con la que habían pintado sus casas. No faltaban brochas ni pinceles de todos los grosores, rodillos e incluso escobas.

Duarte organizó las mezclas necesarias para formar los colores que deseaba, porque, aunque iba a ser un trabajo improvisado y muy rápido, era hombre que gustaba, en cualquier caso, de las cosas bien hechas.

Con un tizón dibujó un boceto en la pared blanca. Como era muy alta y no tenían escaleras, los trabajadores formaron castillos con sus propios cuerpos para izar en ellos al pintor, que iba de arriba abajo llevado por aquellos ayudantes que parecían adivinar los movimientos necesarios antes de que se los indicase. Era como pintar desde el mejor andamio.

Cuando le pareció que el dibujo ya estaba listo, se puso a distribuir brochas y pinceles, cubos y palanganas llenos de pintura, y a dar las órdenes necesarias para que fueran pintando como él quería.

—Venga, todos a pintar, que esto hay que terminarlo rápidamente —decía mientras iba de un lado a otro como poseído por una energía especial.

Los andamios humanos seguían funcionando a la perfección, y Alicia, Alba, Aida, Álvaro y Ángel, sin soltar su bastón, iban por el aire como si volasen. Se reían divertidos al tiempo que daban brochazos siguiendo las indicaciones de Duarte.

Pumariño se había alejado un poco de todo aquel jaleo que a él no le gustaba nada y, de cuclillas en un rincón, dibujaba con un lápiz dos manos, muy parecidas a aquellas de Durero, que sostenían un puchero del cual salía una luz como una llamarada de oro.

Al rato escucharon un ruido a lo lejos que procedía de las calles que iban a dar a la plaza. En seguida aparecieron allí unos trabajadores que venían corriendo para avisarlos de la llegada de los guardias.

Duarte se separó de la pared para situarse en medio de la plaza. Desde allí contempló la obra que, aunque no era exactamente igual, se parecía mucho a la fachada de la casa de los cuadros. Volvió corriendo a donde estaban los pintores cuando ya empezaban a aparecer en la plaza los primeros guardias, venían golpeando a los trabajadores que encontraban en su camino, ensañándose especialmente con los caídos y con los más débiles e incapaces de huir.

—Venga, ya está. ¡Vámonos, que están aquí los guardias! —gritó mientras comenzaba a retirar de delante de la pintura cubos y brochas, palanganas y escobas, todo lo que le parecía un estorbo.

Pumariño y los niños se colocaron delante de la pintura rodeando a Duarte, quien les iba diciendo lo que tenían que hacer. Cuando comprobó que todos habían entendido las instrucciones, primero Alba y Aida, después Pumariño, a continuación Álvaro y Alicia, y por último Duarte y Ángel, con el bastón bien agarrado, empezaron a correr hacia la puerta pintada en la pared. Según iban llegando a ella, desaparecían dentro de la pintura. Algunos guardias fueron testigos de lo que sucedía sin poder creer lo que estaban viendo, incluso dos de ellos corrieron hacia allí con la intención de pasar también a través de la puerta. Pero Ángel, que al mirar hacia atrás los había visto venir, la cerró dando un portazo. Los dos guardias se dieron de bruces contra la pared recién pintada y quedaron sentados en el suelo, mirándose el uno al otro, aturdidos, y con las narices pintadas del color de madera vieja que había preparado el pintor. Detrás de ellos los trabajadores lanzaban piedras, acorralando a los guardias en una esquina de la plaza.

Pumariño, Duarte y los muchachos, como si abrieran los ojos después de dar un salto en el vacío, se encontraron de repente en la planta baja de la casa de los cuadros y comenzaron a reírse y abrazarse, dando saltos de alegría. Con tanto salto acabaron los cinco niños sentados en el suelo, mientras Pumariño subía escaleras arriba, ensimismado en su silencio. Ángel dejó de reírse y, sorprendido, se fijó en el bastón.

—¡He traído el bastón! —gritó—. ¡Está aquí conmigo! Ahora lo podré tener para siempre.

Los otros lo abrazaron, dándole palmaditas en la espalda. Después se fueron levantando y empezaron a subir al primer piso. Al llegar arriba vieron a Pumariño delante del cuadro del laberinto con la Torre en medio, el lugar del que acaban de regresar. Sintieron en su interior algo que estaba entre la alegría por encontrarse fuera y un poquito de melancolía.

Alba se separó de sus amigos para ir a donde habían dejado sus mochilas antes de entrar en el cuadro. Empezó a buscar hasta que encontró su reloj.

—¡Eh, muchachos, es hora de irse! —dijo

Al oirla, también ellos consultaron sus relojes.

—¿Qué hora es? —preguntó Alicia.

—Son las ocho y diez. Tenemos el tiempo justo para llegar a casa —apremió Alba, que ya estaba recogiendo el resto de sus cosas.

Alicia se alejó un poco de los otros, que también recogían sus cosas, y se acercó al pintor, que había subido el último y permanecía apoyado en la puerta de la sala.

—Duarte, nosotros tenemos que irnos. Mañana volveremos para verte y hablar contigo —dijo la muchacha

—Seguramente yo ya no estaré.

—¿Te marchas otra vez?

—Voy a trabajar en este cuadro toda la noche. Después, ya veré lo que hago.

—¿Vas a entrar ahí otra vez? —le preguntó Ángel con tristeza.

Duarte se quedó callado. Miraba a los chicos uno a uno. También él les había cogido cariño y le resultaba difícil separarse de ellos y de Pumariño, como si ahora fueran los únicos amigos que le quedaban en el mundo.

—Creedme si os digo que no sé lo qué voy a hacer ni a dónde voy a ir. Si cuando volváis no estoy aquí, no os preocupéis, mientras os acordéis de mí será como si estuviera con vosotros. Venga, marchaos ya, no sea que os riñan en vuestra casa por llegar tarde.

Ángel se acercó al pintor, temblaba como si tuviera mucho frío y sentía ganas de llorar.

—Yo no te olvidaré nunca. Y además siempre me quedará esto —dijo estrechándole la mano y levantando en el aire su bastón.

Duarte se rió separándose de la puerta para dejarlos pasar. Pumariño salió tras ellos y, ya en el exterior, se colocó delante para guiarlos en el camino de regreso.

11
Epílogo

Alicia llegó a su casa y fue derecha a la cocina. Adela y Amaro estaban preparando la cena.

—Hola —saludó la niña.

—Hola, Alicia —respondió su madre al saludo.

—¿Dónde has estado todo el día? —preguntó el padre volviéndose hacia ella.

—Por ahí.

Alba, cuando llegó a su casa, asomó la cabeza por la puerta de la sala donde sus padres veían la televisión.

—¿Dónde anduviste todo este tiempo? —le preguntó su padre sin retirar los ojos de la pantalla.

—Por ahí.

Ángel abrió la puerta de su casa y echó a andar por el pasillo camino de su habitación. Su madre salió de la sala de estar y le preguntó:

—¿Dónde estabas que no se te ha visto el pelo en todo el día?

—Por ahí.

Aida entró corriendo en su casa. Sabía que ya era la hora de cenar, porque siempre lo hacían temprano. Fue al cuarto de baño y se lavó las manos. Se sentó a la mesa y su madre, mientras le servía en el plato una buena ración de empanada, le preguntó:

—¿Dónde te has metido que no apareces hasta ahora?

—Por ahí.

Álvaro entró en su casa por la puerta de atrás y pasó a la cocina. Se acercó a su madre y le dio un beso.

—¿Dónde andabais que nadie os ha visto? —preguntó la mujer devolviéndole el beso.

—Por ahí.

Al día siguiente por la tarde, Pumariño y los chicos volvieron a la casa de los cuadros. La puerta estaba abierta, con la enorme llave puesta en la cerradura. Subieron corriendo a la sala, casi sin esperar los unos por los otros.

Allí estaban, arrimados a la pared, todos los cuadros que habían visto el primer día. Esta vez aparecían con la cara pintada hacia el centro de la estancia, a la que daban una luz especial. Justo en el centro había un caballete con el cuadro de la Torre. Todos lo rodearon y pudieron ver que había desaparecido el laberinto. Ahora solo estaba la Torre, pero más en primer plano y vista desde otro ángulo. Desde arriba. Los colores ya no producían aquella sensación de inquietud que antes comunicaban. En sus paredes se veían algunos agujeros.

Lo que mejor se distinguía, por el distinto encuadre de la Torre, era la terraza, en la que estaba aquella mujer hermosa y feliz, apoyada en el prisma de piedra. A sus pies, el aire iba pasando las hojas del libro de poemas.

A Coruña, enero de 2002

Índice

Escribieron y dibujaron...

Xabier P. Docampo

—*El texto está lleno de referencias artísticas y, además, el estilo narrativo es muy visual, casi cinematográfico. ¿Es algo provocado por la temática de la obra, o consideras que forma parte de tu estilo?*

—Siempre he gustado de la descripción en mi forma de escribir. Seguramente me viene de la narración oral, en la cual se describían los personajes y los escenarios minuciosamente, buscando que los oyentes los asumiesen como propios por conocidos. Al tratarse en este caso de una obra en la cual la pintura tiene una gran presencia, por lo que me exigía ese estilo visual, se han unido las dos cosas. Ahí puede estar la explicación. Desde luego, deseo que el lector «vea» todo aquello que yo iba viendo mientras escribía, porque eso es lo que yo quiero contarle. Además se da la circunstancia de que de este libro se va a hacer una película cuyo guión estoy escribiendo.

—*Es este un libro de iniciación en el que los prota-gonistas acceden a un mundo totalmente nuevo para ellos, no por su inaccesibilidad, sino por la serie de ex-periencias que viven allí. La guerra civil española, re-presión policial, un pueblo oprimido...*

—En la infancia y en la adolescencia todos los mundos son nuevos, pero solo si nos hacen cambiar, si varían nuestra visión del mundo y de las personas, si después de vivir esas situaciones ya nunca seremos como antes. Entonces se ha producido eso que llama-mos «iniciación». Ese punto en el cual comienza para el niño o el adolescente una variación del rumbo de su vida. Pero algo parecido ha de producirse en el lector para que esa iniciación cumpla su función. Cuando llegue al final del libro, habrá de imaginar que la vida de Alicia y sus amigos sigue, aunque ya nunca podrán ser los mismos que eran antes de visitar la Casa de la Luz... ni él tampoco, si eso es lo que ha entendido.

Xosé
Cobas

—*¿Qué ventajas e inconvenientes te ha planteado ilustrar* La casa de la luz, *un texto con una narración tan gráfica y visual?*

—En *La casa de la luz*, la ventaja y el inconveniente fueron bastante de la mano. Fue para mí una ventaja la narración fluida y sugerente, donde las imágenes brotaban en cada página. Cuando esto sucede, me veo obligado a seleccionar, a elegir la que mejor comunique y que además contenga los suficientes elementos plásticos, y esto puede resultar un inconveniente.

—*Supongo que ha sido un reto, y a la vez un placer, acometer un libro como este, lleno de referencias artísticas, en el que has jugado con guiños a grandes artistas, como Dalí, Hopper o Escher.*

—Siempre me ha gustado recorrer los caminos de la Historia del Arte, y Aida, Anxo, Alicia, Pumariño...

me llevaron de la mano. Ellos me facilitaron el camino y, con cierta osadía por mi parte, intenté inmiscuirme en el mundo de los grandes artistas, observar sus obras y utilizarlas como referente. Efectivamente, esta experiencia ha sido complicada a la hora de crearla, pero conforme iba avanzando, el esfuerzo se traducía en placer.

—*Desde tu perspectiva de ilustrador, ¿hay algún aspecto de este libro que querrías destacar?*

—Para mí, que vengo del mundo de la pintura, tiene una gran significación este libro, porque me ha dado la oportunidad de volver a sentir la emoción del cuadro, pero esta vez en un contexto diferente, un ámbito donde pintura e ilustración se funden para narrar plásticamente el mensaje literario. A todos los lectores y lectoras les dará también la oportunidad de introducirse, de una manera singular, en el mundo de la pintura a través de la fantasía.